汉语言文学经典阅读与传播研究

梁英平◎著

吉林人民出版社

图书在版编目（CIP）数据

汉语言文学经典阅读与传播研究 / 梁英平著 .

长春 : 吉林人民出版社 , 2024. 11. -- ISBN 978-7-206-
21707-4

Ⅰ . I206

中国国家版本馆 CIP 数据核字第 2024BN5986 号

责任编辑：郝晨宇
封面设计：李宁宁

汉语言文学经典阅读与传播研究
HANYUYAN WENXUE JINGDIAN YUEDU YU CHUANBO YANJIU

著　　者：梁英平
出版发行：吉林人民出版社（长春市人民大街 7548 号　邮政编码：130022）
咨询电话：0431—82955711
印　　刷：三河市金泰源印务有限公司
开　　本：787mm×1092mm　　　　1/16
印　　张：7.75　　　　　　　字　　数：114 千字
标准书号：ISBN 978-7-206-21707-4
版　　次：2024 年 12 月第 1 版　　印　　次：2025 年 1 月第 1 次印刷
定　　价：78.00 元

前　言

汉语言文学经典的价值，如同一条文化长河，流淌千年，至今依然闪耀着隽永的光辉。这些经典作品不仅代表了汉语言文学艺术的巅峰，更是中华文化的核心精髓，承载着不同时代的思想与精神。在今日的社会环境中，阅读与传播汉语言文学经典，已不再是古典学者的专属领域，而是一种跨越地域和时代的普遍文化需求。

当代的传播环境极为复杂，数字化、全球化的趋势对经典阅读带来了前所未有的变化。人们的阅读方式、获取信息的途径、理解文本的方式正发生着快速转变。经典文学作为一类需要时间沉淀和精细解读的作品，在信息快速传播的时代，如何依旧焕发出独特魅力、如何在新时代找到共鸣，是一个颇具挑战的课题。这些文学作品在数字空间中重新展现、在跨文化交流中不断碰撞融合，形成了多层次的文化对话，为经典文学的未来带来了丰富的可能性。

汉语言文学经典的界定和内涵是一个根本性的议题。要理解何谓"经典"，需要探讨经典作品的形成条件、独特的文学艺术表现以及它们在不同时代背景中的价值。汉语言文学的经典特质不仅仅在于内容的文学价值，还在于作品在历代读者心中的精神地位。经典既是美的象征，又是民族情感的载体。阅读和理解这些作品，便是在不同维度上感知一个民族的心灵脉动。

从传统社会的口耳相传与书籍传抄，再到现代印刷术的普及，汉语言文学经典的阅读经历了漫长的发展过程。当今社会中，这些经典作品的阅读方式、接受程度和传播渠道都发生了深刻变化。汉语言文学经典不仅出现在学术讲座和学校课堂中，也在流行媒体和社交网络中找到了新的表现形式。无论是学术研究、日常阅读，还是影视改编，这些丰富的传播渠道使汉语言文学经典焕发出新的生机。然而，随着流行文化对汉语言文学经典的解构与再造，经典的核心内容是否依然保持纯正、传播中的失真和误读如何避免，都是值得深思的问题。

在全球化语境下，汉语言文学经典的跨文化传播带来了新的机遇与挑战。从早期的文本翻译到今天的影视、游戏等多种表现形式，汉语言文学在国际舞台上已然成为一张独特的文化名片。翻译让不同文化背景的读者得以接触我国的《论语》《红楼梦》等汉语言文学经典，但翻译也常因文化差异带来理解上的偏差。特别是在不同文化背景的理解中，作品的伦理观、价值观在交流中可能发生变异，甚至产生误读。因此，汉语言文学经典的跨文化传播不仅仅是语言的翻译，更是思想与情感的再创造。理解与误解交织的文化碰撞，丰富了汉语言文学的全球语境，也赋予汉语言文学经典新的解释空间。

如今，在数字化技术的推动下，汉语言文学经典的传播方式在也生了深刻变化。电子书、数字平台、社交媒体等渠道使阅读更加便捷，但同时也带来了阅读的碎片化、浅层化等困境。碎片化阅读、浅尝辄止的现象，成为当代经典阅读中的突出问题。这些挑战让人反思，如何在新技术背景下保证汉语言文学经典阅读的深度和完整性。数字化背景下，沉浸式、互动式的阅读方式也逐渐成为汉语言文学经典传播的新趋势，让更多的读者在体验互动中感受汉语言文学经典的魅力。

尽管阅读方式和文化语境发生了深刻变化，但汉语言文学经典作品所承载的文化价值依然恒久。汉语言文学经典不仅是古代文人的精神财富，更是当今社会进行情感交流和文化认同的重要媒介。这些作品中的思想和情感具有超越时空的感染力，带给不同文化背景的读者一种共鸣与感动。无论是《红楼梦》的深情，还是《论语》的睿智，经典作品在不同读者心中都激发出属于他们的理解和感受。

将经典置于当代语境中，既是对传统文化的守护，也是一种创新。本书通过对汉语言文学经典阅读与传播的系统探讨，试图厘清汉语言文学经典在现代社会中的位置与价值。透过历史与现实，剖析经典的内在结构与外在传播，揭示其文化内涵和社会功能，以期为当代汉语言文学经典的阅读与推广提供新的视角和思考路径。

目　录

第一章　汉语言文学经典的界定与内涵

第一节　汉语言文学经典的定义与特征

一、汉语言文学经典的定义

汉语言文学经典并非泛指所有文学作品，而是指那些在思想深度、艺术成就以及文化影响力上达到高度一致性，并被历代认可和传承的文学作品。这些作品不仅蕴含了文学艺术的精髓，更为后人提供了一种文化象征的共识，形成了民族情感的纽带。经典之所以被称为经典，不仅在于其作品内容的丰富和深刻，还在于其跨越时空、穿透历史的独特魅力，成为人们审美、思想与文化认同的共同基石。

从本质上看，汉语言文学经典的定义涉及三个核心层面：其一是文学性，这些作品在文辞、叙事、情感表达等方面达到了较高的艺术标准；其二是文化性，这些经典深深植根于中华民族的文化传统，具备高度的文化价值；其三是传承性，经典因其独特的思想性和艺术性而不断被人们所认同和传播，历经时间的考验而不衰。这三方面的统一，奠定了经典作品的独特地位，使之在数百年甚至数千年的历史洪流中始终保持其不可撼动的文学和文化价值。

汉语言文学经典并非简单的文本存在，而是一种带有特殊象征意义的文化现象。正是在这种象征的背后，经典蕴含了更深层次的情感与文化意涵，使它们在不同历史时期展现出独特的社会功能与价值。这些文学作品承载了特定历史情境下的民族精神和价值观，甚至可以说，成为一个时代文化的镜像与缩影。这种定义揭示了经典作品不仅是个人创作的成果，更是集体经验的结晶。

此外，一些文学作品之所以被视为经典，不仅是因为其在艺术创作上的独到之处，还因为其所表达的主题和价值观深深扎根于中华民族的历史记忆中。经典定义的形成受到历代知识分子、文学评论家以及普通读者的共同影响，这种互动过程使经典的定义更加多元化，同时也不断适应不同时代对文学的审美需求。可以说，汉语言文学经典的定义并非固化的，而是在与历史、文化的交互中逐步形成并丰富起来的。

在文学发展的长河中，汉语言文学经典的定义始终随着时代的流转而变动，却不失其核心的文化价值。无论是古代的诗词歌赋，还是近代的小说散文，经典的定义始终指向那些在思想内容和艺术形式上引人深思、启发人心的作品。它们不仅向读者传递了美学上的愉悦，更使人们得以通过这些文学作品理解历史，感知文化，获得心灵的启迪。因此，汉语言文学经典的定义与其社会和文化职能紧密相连，体现出文化传承与时代精神的完美结合。

经典定义的形成还离不开历代文人的参与和推崇。许多汉语言文学经典都是经过无数代人的反复阅读、分析与品评后，才逐渐在历史中确立了经典的地位。这种对经典的认定，不是某个时代、某个学者的主观判断，而是经过长期积淀而形成的文学共识。正是因为有了这种持续性的认同和推崇，经典作品才具备了跨越时代、跨越世代的持久生命力，也才能被称为"经典"。

早期的经典文学作品更多注重文学的教化作用，通过典雅的辞藻和深刻的思想为读者提供道德规范和行为准则。而在后来的发展中，经典定义逐渐从单纯的道德教化转向审美和人性关注，更加注重作品本身的艺术性和思想性。正是在这种转变中，汉语言文学经典逐渐突破了功利的限制，成为超越功用性价值的艺术创作。这种定义的变化，使经典文学作品的内涵更加丰富，成为跨越时空、直抵人心的文化瑰宝。

在文学传承的过程中，汉语言文学经典的定义也融入了中华民族对文化认同的强烈需求。经典不仅仅是供人赏析的艺术作品，更是中华民族心灵和思想的寄托。通过对这些文学经典的阅读，人们可以穿越时空，感受到先人的智慧与情感，从而增强对民族身份的认同感。这种认同使经典在一代代的传承中，始终保持其独特的地位与魅力，成为民族记忆的永久载体。

在汉语言文学经典的定义中，作品的影响力和可读性也是不可忽视的因素。经典之所以被称为经典，正是因为其具有打破时空限制的影响力。无论是历史上备受推崇的诗歌、小说，还是现代社会依然广泛传诵的散文，汉语言文学经典因其特有的吸引力，成为历代读者心目中的文化象征。这种影响力不仅体现在文学价值的延续上，也体现在这些经典为每个时代提供的精神指引和思想启迪。

汉语言文学经典的定义还与其独特的文学风格息息相关。经典作品的风格都经过作者的精雕细琢，达到了与作品主题的完美结合。无论是婉转动人的诗歌、引人入胜的小说，还是意味深长的散文，这些经典作品在风格上都各具特色，呈现出独特的艺术美感。正是这种艺术风格的独特性，使经典作品超越了单纯的文本存在，成为一种不朽的文学现象，构成了经典的基本定义。

二、汉语言文学经典的特征

（一）历史积淀性

汉语言文学经典在时间的流逝中积累了深厚的历史价值，这种特质赋予了作品独特的文化厚度。每一部经典作品的形成，都离不开时代背景、社会动荡与文化潮流的多重作用。经典不仅是文学的结晶，更是特定历史时期的产物，承载着过去社会的情感记忆和精神特征。古代文学经典，如《诗经》《论语》，浓缩了先秦时代的思想观念；唐诗、宋词更是见证了唐宋文化的繁荣与发展，历经千年依然为人传诵。经典作品的历史积淀这一特性，使它们能够在时间的长河中历久弥新，为后人带来穿越时代的思想和情感共鸣。

（二）艺术表现力

汉语言文学经典的艺术表现力独树一帜，它们凭借精湛的语言技巧、独特的艺术形式和生动的叙事结构，成为后世的文学艺术典范。经典作品往往以优美的文字、鲜明的意象和深刻的意境，将文学艺术提升到一种普遍的审美高度。《红楼梦》在叙事技巧和语言运用上达到极致，成为中国古典小说的巅峰。唐代诗歌的格律美、宋词的情感表达，以及元曲的语言韵味，都在艺术表现力上各具特色，为后人树立了典范。经典的艺术表现不仅让人获得美的享受，更体现了汉语言文学对文字精雕细琢的高度追求。这种艺术的表现特质，使汉语言文学经典绽放出独特的魅力。

（三）思想深刻性

汉语言文学经典不仅关注人类情感的抒发，更注重对人性和社会的深入探讨，展现了思想上的深刻性。孔子的《论语》以其核心观念探讨国家治理等重大社会议题，为后世提供了伦理道德的价值框架。屈原的《离骚》通过诗歌表达对理想与命运的思考。这些经典作品揭示了人性的复杂和社会的多面性，引导读者深入思考生活的本质与生命的意义。思想深刻性不仅是汉语言文学经典的核心要素，更赋予了作品跨越时空的持久影响力，带来历久弥新的思想启发。

（四）文化传承性

汉语言文学经典的文化传承性是其不可或缺的特征之一，它们在代代传承中成为民族文化的象征与代表。汉语言文学经典融入了丰富的文化符号，体现了中国古代社会的价值观、伦理观以及生活方式。《诗经》记录了古人对自然、生活的热爱与崇敬，展示了中华文化的质朴与和谐。《红楼梦》中的人物和情节不仅是文学描绘，更是封建社会礼教的缩影，它们对读者而言既具文学审美价值，又充满社会警醒意义。这些经典作品让人们得以通过文字触摸传统文化的脉络，其文化传承性使汉语言文学经典成为民族记忆的重要组成部分，延续了中华文化的历史血脉。

（五）情感共鸣性

汉语言文学经典之所以经久不衰，正是因其拥有强烈的情感共鸣性，使不同历史时期的读者都能够从中获得心灵的慰藉。经典作品无论讲述的是家国之情，还是人伦之爱，皆在情感表达上具有高度的普遍性。《桃花扇》以离别之悲写尽家国情怀，抒发出一种家国兴亡与个人命运相连的悲哀，引发了无数读者的共鸣。李白的"举杯邀明月，对影成三人"则表现了孤独、惆怅与自我解脱的情感，使古今读者都能在诗句中找到共情的力量。情感共鸣性不仅增强了作品的感染力，更让汉语言文学经典成为不同人之间心灵沟通的桥梁。

第二节　汉语言文学经典的形成与发展

一、汉语言文学经典地位的文化积淀

汉语言文学经典的地位并非一朝一夕便可建立，在几千年的文化传承中，汉语言文学经典通过长期的传播、阅读和再创作，逐渐被赋予了更为深刻的文化象征意义，进而被认定为经典。经典的地位不仅来自作品本身的文学价值，还与其在社会中逐渐积累的影响力和广泛认可密不可分。汉语言文学经典的确立，经历了多层次的评判、选择和再解读，最终形成了具有文化认同的经典地位。

文学作品在创作之初，往往只受少数读者或特定群体的喜爱，随着时间的流逝，只有那些能够不断被后人阅读、研究和传承的作品，才能逐渐具备经典的特质。这一过程不仅依赖于作品内容的丰富性和思想性，更依赖于不同时期人们对作品的评价和解读。历代文人、学者对经典的推崇和研究，使这些作品在文学史上占据了举足轻重的地位，而这种文学史的延续也为经典的地位奠定了基础。汉语言文学经典并不仅仅是个人创作的产物，更是集体记忆的结晶。每个时代的社会背景、价值观念和审美标准都对经典作品的流传产生了影响，而经典在这一过程中被不断赋予新的内涵，形成一种代代相传的文化共识。这种共识不仅使经典超越了个体的局限，更成为不同时代之间情感和思想的纽带。

与此同时，汉语言文学经典往往具有深刻的思想内涵和丰富的意象，这种多义性和丰富性使其在不同的历史背景下被赋予了不同的解读。这种文本的开放性为经典的地位积累了丰富的文化积淀，使每个时代的读者都能够从中找到与自己时代背景相契合的思想和情感，从而保持汉语言文学经典的长久吸引力。此外，汉语言文学经典不仅在知识分子和学者群体中具有影响力，更在民间生活中广泛流传，通过口耳相传、戏曲改编等方式深入人心。这种广泛传播使汉语言文学经典成为一种大众文化现象，为其积累了深厚的社会基础。

在中国历史上，许多汉语言文学经典早已被纳入书院、学堂的教材中，通过系统化的学习，汉语言文学经典在知识分子阶层和更广泛的学生群体中得到传承。这种教育的推广使汉语言文学经典在社会中形成了广泛的认可，奠定了其在文学和文化领域的地位。同时，历代学者对汉语言文学经典的研究和注释也为其地位的巩固提供了理论支持，通过解读和阐释，汉语言文学经典的内涵被进一步丰富，学术性的积累无疑增强了其文化积淀。而每个时期的文学评论家和批评家都会对汉语言文学经典进行重新审视，提出新的见解和评价，使汉语言文学经典在评价过程中得以升华。文学评论与批判的动态交替，使汉语言文学经典的内涵随着时代的演变不断被重塑和深化。

自古以来，许多汉语言文学经典得到了官方的重视和保护，通过制定阅读标准、推行考试制度等方式，使其在社会中获得了更加稳固的地位。汉语言文学经典地位的积淀还体现于不同时期对经典作品的再创作与再演绎。汉语言文学经典被多次改编为戏曲、绘画等艺术形式，这种多样化的表现方式不仅扩展了汉语言文学经典的传播途径，也让其在新的表现形式中焕发出新的生命力。

在文学史的演进过程中，汉语言文学经典的地位通过流传和再创造得以持续加强。汉语言文学经典在其传承过程中，通过与其他文学作品的对比和相互影响，逐渐奠定了自身独特的地位。它们成为后世文学作品学习和仿效的对象，在文学发展中发挥了指引作用。这种指引不仅体现在文学形式和题材的传承上，更体现在文学观念和审美价值的传承上。每个时代的社会背景、文化需求和审美取向都会对经典的地位产生影响。在特定的历史时期，汉语言文学经典的主题或内容与社会现实形成共鸣，能够获得更为广泛的认同。

二、不同时代对汉语言文学经典定义的动态变化

古代社会对经典的定义往往带有教化和伦理的色彩。在封建社会中，经典不仅是文学上的重要作品，更是道德教育和伦理规训的工具。人们通过经典学习伦理道德，塑造自我品格，这种功用性使经典作品往往具备了明显的教化功能。彼时的经典作品之所以被推崇，是因为它们在维护社会秩序、规范人伦道德方面起到了不可替代的作用。古代经典的定义强调"修身""齐家""治国""平天下"等理念，这种定义在当时的社会环境中占据主导地位。

随着时代的推进，经典的文学性逐步受到重视，人们不再仅仅关注经典的教化作用，而开始在艺术表现和审美体验中寻找文学的独特魅力。汉语言文学经典的定义在这一时期发生了转变，作品的艺术性和个体情感表达被逐渐认可。以诗歌为例，诗人在作品中融入个人情感和生活体验，使作品在审美层次上更加丰富，经典的定义也因此扩大至更广阔的文学视域。

步入近代，受到启蒙思想的影响，文学作品开始注重对社会现象的批判与思考，经典的内涵开始超越纯粹的文学价值，承载起社会批判和反思的功能。特别是在战乱和社会动荡的背景下，许多汉语言文学经典被赋予了民族象征和社会启示的意义，与社会现实紧密相连，这种与时俱进的特性不仅拓宽了经典的内涵，也使汉语言文学经典在不同时代的历史舞台上呈现出新的文化价值。

进入现代社会，社会的开放与思想的解放使人们对经典作品的理解日益多元，经典不再仅仅是特定的"权威之作"，而是可以在不同读者群体之间引起

共鸣的多层次文本。这一时期强调个体情感的释放和人性的解放，这些经典作品不仅具备文学价值和思想价值，还在心理层面引发了读者的共鸣。汉语言文学经典不再是单一的审美标准的体现，而是一个可以多角度解读的文化载体，这种多元化的定义在现代社会尤为突出。

与此同时，数字化的普及让经典作品的传播形式发生了变革，使汉语言文学经典不仅在文学界传阅，更以多种媒介形式进入大众视野。通过影视改编、网络传播，汉语言文学经典的定义进一步扩展，成为大众文化的一部分。它们不再仅仅属于书本的范畴，而是被赋予了更加广泛的文化传播功能，成为影响现代人生活的重要精神资源。

不仅如此，全球化的影响使汉语言文学经典的定义开始具有跨文化的特征。随着汉语言文学在世界范围内的传播，汉语言文学经典的定义被注入了新的内涵。它们不仅作为中华文化的象征走向国际，更在不同文化背景下获得了新的诠释和意义。汉语言文学经典不仅仅是特定民族的文化财产，更是人类共同的精神财富，这种跨文化的视野促使经典的定义更为丰富多元。

反观中国的文艺复兴时期，汉语言文学经典的定义再度转向对人性的关注。此时，作品中的人性光辉和个体价值被重新挖掘，经典作品不仅反映社会价值观念，更展示了人的内在情感和生活哲理，呈现出对人类生命、情感的高度重视。这种对个体的关注使汉语言文学经典不仅具有文化意义，更为读者提供了人性化的理解空间。

现代社会强调个体的体验与独立思考，因此，汉语言文学经典的定义可以由不同读者依据自身的经历和感受进行多维度诠释。许多经典作品因其内涵的丰富性和开放性，赋予读者更为灵活的解读空间，使他们能够在不同的时空和情境下产生新的感悟。

汉语言文学经典的社会功能和文化角色随着大众阅读的兴起而发生变化，在广泛的社会群体中获得了不同的理解和接受。这种读者的多样化，反映出汉语言文学经典已成为全民共享的文化财富。汉语言文学经典在不同时代的变迁中逐渐从精英文学走向了公共文学，这种变化反映了社会的进步和文化观念的开放。

第三节　汉语言文学经典的文化价值与历史地位

一、汉语言文学经典对社会价值观塑造的作用

中国古代的诗歌、散文、小说等文学经典，蕴含着丰富的伦理观念、道德准则和人际关系，这些内容潜移默化地塑造了人们的思想与行为。以《论语》为例，这部经典不仅是儒家思想的核心载体，还通过宣扬仁、义、礼、智、信等价值观，影响了无数后人的人生观和世界观。《论语》中的许多箴言至今仍是人们处理人际关系和社会事务的重要参考，这一经典在数千年的历史长河中发挥了无可替代的作用。

同时，汉语言文学经典在引导社会形成主流价值观方面起到了不可忽视的作用。这些作品常常通过塑造典型人物形象和情节，向社会传递出尊重道德、重视家庭、忠诚国家等价值观。例如，《三国演义》中忠、勇、义的主题深入人心，关羽、刘备等人物形象成为忠义的象征，成为后世人们效仿的楷模。通过文学作品，社会形成了对忠诚和正义的普遍认同，这种认同在日常生活中不断得到强化，进而成为社会普遍接受的价值观念。

进一步来看，经典作品通过寓意和象征性的表达方式，将社会价值观深刻融入文学作品的内容中。许多汉语言文学经典往往通过丰富的象征和隐喻，向读者传达深刻的道德意义和社会规范。这种表达方式不仅增加了作品的艺术性，也让人们在阅读过程中受到教育和启发。例如，诗歌中常常借用山水、花鸟等自然意象，表达出对生命、爱情、友情的理解，使人们在欣赏美的同时，更深刻地感悟到人与自然的关系。这种象征手法的运用，使文学作品在社会价值观的传递中产生了更为深远的影响。

经典作品还通过其历史性，成为一代代人进行价值观教育的重要工具。汉

语言文学经典跨越历史的长河，始终伴随着人们的生活，为每个时代的读者提供了宝贵的精神资源。经典的传承不仅在于文学价值的延续，更在于对社会道德观念的不断强化。例如，《水浒传》中的英雄形象虽各具特色，但他们所展示的义气、正义、勇敢等品格，成为许多人道德观的启发源。这些形象使人们对正义产生共鸣，进而对社会产生深远的影响。

此外，经典作品在塑造社会价值观时，往往通过人物命运的起伏变化，引发读者对人生和道德的思考。汉语言文学经典中的人物经历和命运展现了人性复杂的一面，而在这种复杂性中，人们可以看到不同的价值观之间的较量和抉择。例如，《红楼梦》通过贾宝玉、林黛玉等人物的生活际遇，揭示了封建礼教对个人幸福的压制，让读者反思封建礼教的僵化和残酷。这样的叙述不仅让作品具有了深刻的现实意义，也在读者心中建立了对自由、平等的追求与向往。

汉语言文学经典的价值观塑造不仅作用于个体，也在社会层面上产生了积极影响。许多经典作品将个人命运与家国情怀紧密结合，通过对爱国、忠诚、仁义的弘扬，引导人们形成对国家和民族的认同感。《岳阳楼记》中对"先天下之忧而忧，后天下之乐而乐"的抒发，便是这种家国情怀的体现。这一理念经过长期的传播和接受，成为中华文化中根深蒂固的精神力量，激励无数人为国家和社会奉献自我。

经典作品对社会价值观塑造的作用还表现在对青年一代的思想启蒙上。许多经典作品通过扣人心弦的故事情节和生动的人物形象，激发了年轻人对美德的追求和对人生意义的探寻。尤其是在现代教育体系中，经典作品被作为道德教育的必读材料，促使学生在文学的熏陶中树立正确的价值观。学生们通过阅读这些经典作品，不仅能够拓宽知识面，还在潜移默化中学习真、善、美的核心价值。这种潜移默化的影响，使经典成为年轻人思想塑造的重要力量。

不仅如此，经典作品还通过历史叙事的方式，赋予人们对社会历史和民族文化的尊重之情。许多汉语言文学经典以历史为背景，通过叙述和描写历史事件、人物事迹，激发人们对本民族历史的自豪感。例如，《史记》作为中华文化的重要组成部分，不仅记载了历代人物的功绩，还通过真实的史实传达了许多关于忠诚、正义、勇敢的价值观。这种历史叙述不仅传达了特定的价值观念，也在无形中增强了人们的民族认同感。

在文学经典的影响下，社会的道德标准和行为准则得到了强化。经典作品的广泛传播使人们在日常生活中对道德有了更高的标准，经典成为衡量人们道德行为的重要标尺。例如，《儒林外史》中的讽刺手法，让读者在反思社会的同时，对诚信、正直等价值观有了更深的理解。这样的影响在无形中塑造了人们的道德观念，使经典成为推动社会道德进步的重要力量。

二、汉语言文学经典对传统文化传承的影响

汉语言文学经典的语言不仅精练、优美，还充满了深邃的哲理和丰富的象征，这种语言特质不仅展现了汉语的独特韵味，也让后人在学习经典时获得了深刻的文化体验。诗歌、散文和小说中的词句被后世广泛引用，成为人们表达思想情感的重要载体。通过学习和引用经典中的语言，传统文化在日常交际和书面表达中得以延续，使汉语言文学经典成为语言文化传承的重要媒介。

许多汉语言文学经典融入了儒家、道家等传统思想，这些思想在经典作品中不仅是文学表达的内容，更是文化精神的象征。通过对经典作品的阅读和理解，人们得以体会到仁爱、和谐、礼仪等价值观，使这些观念成为社会伦理和行为准则的重要基础。儒家倡导的仁、义、礼、智、信，不仅在经典中多有体现，而且成为中华民族的道德标杆，通过经典的流传，这些价值观念深入人心，奠定了中华文化的道德底色。

在艺术表现手法方面，汉语言文学经典中丰富的表现技法，使其具有极高的艺术性。后世的文学创作者从这些手法中获得启发，逐渐形成了传统文学创作的独特风格，进一步推动了艺术审美的延续。经典作品的艺术风格被不断吸收并内化到后来的创作中，使传统文化的艺术魅力得以延续。

不仅如此，汉语言文学经典还通过描述社会风俗和生活方式，为传统文化

的传承提供了真实而生动的文化记录。许多经典作品细致入微地刻画了古代社会的风俗习惯、衣食住行等细节，使后人可以通过这些作品了解不同时代的生活状况和文化习惯。经典作品中的礼仪描写、生活场景等不仅为后代提供了关于传统文化的鲜活图景，也在潜移默化中使这些文化习俗得以延续。通过这些生动的描写，传统文化在经典的流传中得以再现，为文化传承提供了丰富的资料。

许多汉语言文学经典记录了传统节日的庆祝方式、风俗礼仪等，使这些节日习俗在经典的流传中得以保存并传递。例如，许多诗人以节日为题材创作了大量作品，如端午节、中秋节等的节庆习俗都在诗歌和散文中得到生动展现。这些作品不仅记录了节日的由来和庆祝方式，还表达了人们对生活的热爱和对家人团聚的向往，使节日文化在经典的流传中得以延续和深化。

在家庭教育方面，一些汉语言文学经典以家族为单位展开叙述，通过家族故事传达了传统的家庭观念和道德价值。《三字经》《弟子规》等经典作品以简洁的文字传递了为人处世的准则，使这些道德观念在家庭教育中得以代代相传。家长通过诵读经典，将传统的道德规范传递给子女。汉语言文学经典在家庭教育中扮演着不可替代的角色。

自古以来，中国的教育体系便以经典为主要教学内容，通过系统化的经典学习，使传统文化的精髓得以代代相传。尤其是古代的书院教育，以经典诵读和解读为主要学习方式，将儒家经典等作为学术根基。这种教育方式使经典成为教育的核心内容，推动了传统文化在知识阶层中的传承与深化。通过系统化的经典教育，传统文化的价值观和行为准则在学术圈层中得以长久流传，经典成为文化教育的重要资源。

同时，汉语言文学经典对传统美德的传承也具有不可忽视的作用。经典作品通过具有传统美德的典型人物、生动的故事，将孝顺、忠贞等道德观念渗透到日常生活中，使这些观念成为人们行为准则的重要部分。经典作品不仅传递了这些美德，更让人们在阅读和接受过程中，深刻领悟传统美德的价值，使这些美德在社会中得到广泛的传承。

汉语言文学经典还对传统文化的哲学思想传承起到了推动作用。汉语言文学经典蕴含着丰富的哲学思辨，它们在文学表达中展现出对宇宙、自然、人性的深刻思考。例如，道家思想强调人与自然的和谐关系，推崇无为而治的思想。这种哲学思想通过经典的表达，使其在后世得到广泛传播和应用。

需要提到的一点是，汉语言文学经典对传统价值观的传递使社会伦理观念得到广泛认同。许多经典作品通过塑造人物命运的方式，让读者在故事情节的起伏中体会道德与伦理的重要性。一些作品通过生动的故事情节，将伦理观念转化为生活准则，使传统的伦理道德观在经典流传过程中被广泛接受。

第四节　汉语言文学经典与大众文学的区别与联系

一、汉语言文学经典与大众文学的受众定位与阅读差异

汉语言文学经典的受众通常是具备较高文化素养或具备深厚阅读经验的读者，这些作品因其思想深度、艺术性和历史积淀，吸引了学者、文人及对文化传承有兴趣的人群。汉语言文学经典的主题和表现手法往往需要读者具备一定的理解力和鉴赏能力，以深入挖掘作品中的思想内涵和艺术美感。因此，汉语言文学经典更多地面向那些渴望通过阅读获得精神提升和文化传承的群体。

与之不同，大众文学的题材多样，注重贴近生活，往往通过轻松易懂的语言和引人入胜的情节满足不同层次读者的娱乐需求。其作品的阅读门槛较低，适合各年龄层和各类文化背景的人群。因此，大众文学的读者范围广泛，从青少年到老年人，均可以轻松阅读并获得愉悦体验。大众文学的作品倾向于迅速回应社会热点和读者需求，以生动的情节和简单的语言来打动人心。

在阅读体验上，汉语言文学经典的语言精练、意蕴深厚，常常需要读者花费较长时间去理解和体味其中的思想和情感。许多汉语言文学经典的叙述结构

复杂，蕴含多重象征和隐喻，需要细细品味和反复思考。汉语言文学经典的阅读过程更多的是一种思想交流和艺术共鸣，读者通过对作品的深入思考来感受其思想厚度和情感深度，这种阅读体验带有一定的探索性和思辨性。

相较之下，大众文学的阅读体验则轻松愉悦，其叙述方式更为直接，故事情节流畅、易于理解。大众文学往往采用通俗化的语言和生活化的表达方式，使读者无须过多思考即可轻松跟随故事情节的发展，享受阅读的愉悦感。大众文学的快速阅读模式满足了现代人节奏紧凑的生活需求，其故事性强、情节紧凑，使读者在短时间内获得一种快速满足的心理体验。

在汉语言文学经典的阅读过程中，读者的情感体验通常较为深沉。汉语言文学经典往往注重描绘人生的复杂性和多样性，展现人性深处的丰富情感。汉语言文学经典的阅读并非只是简单的娱乐，而是一种与作者心灵深处的对话，是读者对自我和人性的再认识。许多汉语言文学经典通过深刻的思想和细腻的描写，让读者在阅读中获得共鸣和思考的空间。这种阅读体验使读者不仅获得了情感上的满足，还得到了思想上的启迪和精神的升华。

大众文学的情感表达较为直接和浅显，其作品多以情节推动为主，通过鲜明的情感色彩、简单的人物关系和激动人心的情节，迅速吸引读者的注意力。这种情感的表达方式使大众文学作品更容易被读者接受和喜爱，读者无须深层次的思考便可体验到人物的喜怒哀乐。这种直接的情感表达符合大众的阅读心理，让人们在快节奏的生活中迅速找到情感的宣泄出口，满足读者即时的情感需求。

在汉语言文学经典的阅读中，作品的审美价值往往成为读者的重要关注点。汉语言文学经典的语言优美，结构精巧，内容深邃，其艺术性不仅表现于故事情节，更体现在语言运用、象征手法以及结构安排上。汉语言文学经典的审美体验不仅是对内容的理解，更是对形式之美的鉴赏。读者在阅读过程中，通过感受文字的精雕细琢、情节的层层递进，从而获得一种美的享受。

而在大众文学的阅读体验中，情节的吸引力成为阅读的主要动力。大众文学往往以情节为主，结构简单明了，读者通过故事的展开迅速融入情节，获得一种身临其境的体验。大众文学的艺术性多体现在情节的跌宕起伏、故事的生动有趣，通过引人入胜的情节和流畅的叙述，让读者在阅读中获得一种轻松愉悦的心理体验。这种体验适合放松心情和娱乐生活，为读者提供一种直接的精神满足。

汉语言文学经典关注人生的意义和社会的价值。汉语言文学经典在深刻探讨人性与社会问题的同时，给予读者心灵上的慰藉和思想上的启发，具有超越时间和空间的普遍意义。汉语言文学经典的受众在阅读过程中，通过对作品的思考，能够在思想深处产生共鸣，找到与作品精神的契合点，从而获得持久的情感满足和思想的滋养。

大众文学则更贴近日常生活，其故事内容通常反映当下的社会现实和人们的生活状态。大众文学通过描写生活中的喜怒哀乐，为读者提供一种亲近生活的阅读体验。其受众在阅读中会感受到一种熟悉感，能够轻松地在作品中找到生活的影子。这种贴近生活的特质使大众文学容易引发读者的共鸣，满足他们在情感和娱乐上的需求。

许多汉语言文学经典通过精练的语言和深邃的情感揭示人类共通的哲理，提供关于人生、伦理和社会的深层思考。这些作品往往要求读者具备一定的思考深度，以理解作者传达的理念，进而从中汲取智慧和启示。汉语言文学经典在思想上的丰富性和深刻性，激励读者不断探索作品中的深层次意义，成为提升读者思想境界的重要途径。

与此相对，大众文学更多地表现出一种娱乐性和通俗性，其作品注重满足读者在轻松环境下获取娱乐的需求。大众文学的情节设计和表达方式更加直接，读者可以轻松理解作品的主题。读者能够体验故事本身带来的轻松与愉悦，在忙碌生活中寻求片刻放松，得到简单而愉悦的精神享受。

在汉语言文学经典的受众定位中，这些作品通常聚焦于具有较高文化需求和精神追求的人群。经典作品的价值不止于文字层面，更在于对人类精神的探索和对社会历史的反思。其受众多为寻求内在丰富、追求思想深度的读者，他们通过经典作品获得人生的智慧和文化的积淀。这种受众定位使汉语言文学经典在阅读群体上呈现出较高的层次性和独特的精神属性。

大众文学的受众定位则更为普遍，其作品在满足大众审美需求的同时，也兼顾了各类读者的生活节奏和阅读习惯。大众文学的广泛受众定位，使其在内容上具有包容性，作品内容贴近大众生活，情节生动，适应不同文化水平和生活背景读者的需求。

二、汉语言文学经典在大众文化中的再解读

随着现代大众文化的发展，在影视、戏剧、小说等领域，汉语言文学经典被赋予了新的表达方式。无论是改编成电影，还是在电视剧中融入经典元素，这些再解读使经典作品摆脱传统文本的束缚，吸引了更多现代观众的关注。例如，《红楼梦》不仅在文学界有极高地位，也多次被改编为电影、电视剧，甚至戏剧舞台。通过这种视觉化的表现形式，经典作品的故事情节、人物关系和情感纠葛被更直观地呈现出来，使观众能够更直接地感受作品的魅力。

在再解读的过程中，汉语言文学经典的情感和思想内核得到了进一步挖掘。经典作品往往蕴含丰富的情感和深刻的思想，而这些内容在大众文化的再解读中被重新展现，满足了现代读者和观众对情感共鸣的需求。再解读使经典作品的核心思想以更具亲和力的方式呈现，使现代人能够在观看过程中获得内心的触动和反思。

许多汉语言文学经典的语言风格带有特定的历史背景，具有高度的文学性和复杂性，这对当代大众读者来说可能存在一定的理解障碍。因此，在解读的过程中，作品的语言风格常常被适度简化，以便更适合现代人的阅读习惯。例如，一些古典诗词通过现代语言的转译，使其意境和情感能够被更多年轻读者接受，从而使汉语言文学经典更贴近现代社会的语言环境。这种语言上的调整既保留了作品的核心思想，又使其在现代文化语境中获得新的活力。

汉语言文学经典中的人物往往具有深厚的历史背景和特定的道德观念，但在现代文化的影响下，这些人物形象被重新赋予了当代的特质。例如，在当代影视改编中，贾宝玉、林黛玉等经典人物形象被重新诠释，赋予了更为复杂的情感层次，使他们不再是单一的文学符号，而是具有当代人性的个体。通过这种重新塑造，经典人物的魅力在当代语境下得到了放大，满足了现代观众对人物多元化和真实感的期待。

随着文化消费需求的增加，汉语言文学经典的改编被赋予了商业色彩，成为文化产品的一部分。许多经典作品的影视改编通过迎合市场需求，调整作品的情节和人物关系，获得了更高的收视率或票房。例如，《西游记》在现代的众多改编中，不仅保留了原著中的奇幻元素，还增添了许多新的情节，使作品更具娱乐性和观赏性。虽然这种改编带有商业目的，但在一定程度上也推动了经典作品的传播和普及，使其能够进入更多人的视野。

现代社会中的文化传播渠道丰富多样，汉语言文学经典通过电影、电视剧、音乐、网络平台等形式广泛传播。这种跨媒介的再解读为经典作品的推广提供了更多可能性。影视作品、歌曲、舞台剧等形式，使经典的形象深入人心，成为多元文化的一部分。跨媒介的传播方式增加了汉语言文学经典的可视性，使其在多样化的表现形式中焕发出新的生命力。

许多汉语言文学经典蕴含多重主题和意象，通过再解读，作品的不同侧面得以突出，赋予了新的文化意义。例如，《西游记》在不同的改编中，或强调冒险和幽默，或关注修行与成长，通过对作品主题的选择，为经典作品增添了文化层次。这种多角度的解读方式使经典作品不再局限于单一的文化框架，可以与现代观念相互融合。

在大众文化的再解读中，许多再解读作品通过赋予经典新的主题和思想，使其能够回应现代社会的各种议题。例如，现代改编的《红楼梦》在探讨人性和命运的同时，还关注当代人对社会阶层、家庭关系的理解。这种新的诠释不仅增加了经典作品的文化厚度，也让经典在现代语境中发挥了更广泛的社会价值。这种赋予经典新价值的再解读，使经典文学不再是封闭的文本，而是能够回应社会现实的文化表达。

同时，在现代文化语境中，对汉语言文学经典的解读方式和角度变得多样化，有时可能会偏离原著的主题，甚至产生解构性的改编。对于传统经典的解构性再解读，往往在吸引观众的同时也引发了关于经典内涵和改编界限的讨论。例如，一些改编将《三国演义》的英雄人物形象予以颠覆，引起了对作品忠实度和再解读自由度的争论。这些争议从侧面反映出汉语言文学经典在当代再解读中的复杂性和多样性。

在大众文化的影响下，汉语言文学经典的再解读还带有强烈的娱乐色彩。许多经典作品的改编在追求娱乐效果的过程中，增加了轻松幽默的元素，使作品更贴近当代观众。例如，《水浒传》的某些改编版本在保持作品原有风貌的基础上，增添了现代幽默元素和喜剧元素，吸引了更广泛的观众群体。虽然娱乐化的处理可能会导致作品内涵的淡化，但在一定程度上也增加了作品的吸引力，使经典得以在现代文化中被更多人接受。

此外，汉语言文学经典在大众文化中的再解读还展示了文化多样性的融合。经典作品中的民族传统和伦理观念在解读中被赋予了新的视角，与现代文化形成了相互对话的关系。例如，改编《西游记》时，部分作品结合了现代科技、流行文化元素，使经典作品更具吸引力的同时也体现了文化的多样性。通过不同文化元素的融合，汉语言文学经典在现代社会中展示出新的文化活力。

第二章 汉语言文学经典的美

第一节 语言美

汉语言文学专业蕴含着深厚的文化底蕴，它承载着中华民族五千年悠久的历史文化，构成了我们民族的精神家园，因此，我们应当倾力保护和推动这一领域的发展。该专业具有显著的实用价值，培养出的学生能够掌握基础性的行业技能，尤其是交流沟通的表达能力，这些技能在任何一个工作岗位上都至关重要。这种语言能力在职场沟通与人际交往中扮演着不可或缺的角色。因此，我们每个人都应当致力于提高自身的文化修养。

一、语言美与言辞美

语言美学作为一门研究语言的美学分支，专注于从美学的视角探究语言及其表达的美学规律。这一学科运用特定的语言美学理论，对语言及其运用进行深入分析与探讨。作为一门跨学科的领域，语言美学在我国仍处于发展阶段，意味着我们还有大量的知识需要探索和研究。

语言学的研究主要聚焦于两个核心领域：一是深入探究语言的内在机制和法则；二是研究语言的有效应用，也就是语言的艺术魅力。在探讨语言规律方面，研究者试图揭示语言的结构和演化模式。比如，在汉语中，人们倾向于使用某些符合社会心理和文化习俗的表达，例如，通常我们会问"你有多高"，而不是"你有多矮"。这反映了对"高"和"美"这类词汇的正面认知，它们被视为一种正面的默认状态，而"矮"和"丑"等词汇则带有负面含义，一般情况下不会作为首选。至于语言的艺术，它关乎如何通过高超的沟通技巧提升人际交流的质量。在日常生活中，恰当的语言运用不仅可以更好地传递信息，还能增强沟通的影响力。例如，在赞美他人时，使用"你的书法非常飘逸，充满了神韵"这样的描述，比简单的"你的字写得好"更具体、更富有情感。同样，在纠正他人错误时，采取建设性的批评方式，如"在这个任务上我们遇到了一些问题，让我们一起来探讨原因吧"，比直接指责更有助于维护良好的人际关系并有效解决问题。另外，语言美学作为美学的一个分支，专注于探索语言的美感。文学作品中的生动比喻和形象描绘能触动读者的内心，让人感受到自然之美和生活的诗意。这些例子表明，无论是研究语言的规则还是其艺术应用，都是理解人类语言复杂性和丰富性的关键途径。

语言的美妙与言辞的魅力是语言学与美学融合研究的重要主题。语言活动是由语言和言辞共同构成的，它们相得益彰，不可或缺。语言，作为一种社会共识的符号体系，为言辞提供了根本的支撑；而言辞，则是个人运用这一体系进行实际沟通的过程。没有语言，言辞就失去了被理解的基础；而没有言辞，语言也无法得到丰富和发展。因此，语言与言辞相互依存，语言作为工具，言辞则是运用这一工具的结果。语言的社会特性赋予了它规则性和稳定性，这表明语言是一种有限的资源，其构造和规则是社会各界共同认可的。而言辞则彰显了个体的创造性和多样性，它在遵守语言规则的基础上，因人而异，呈现出无穷的变化。语言是面向公众的、稳定的，而言辞则是属于个人的、变化的。语言美学不仅研究语言本身所具有的形式美，也探讨在实际交流中如何通过言辞表达来实现美感。语言美在于语言结构的协调、音韵的优美和意义的深远，这是语言本身固有的特质。言辞美则是语言美在具体交流环境中的体现，是语言美得以实现的手段。言辞美依靠语言美，同时又进一步丰富和发展了语言美，二者相辅相成，共同构成了语言艺术的魅力。以汉语为例，汉语的语素、字、词等元素蕴含了丰富的文化内涵和独特的审美价值。这些元素的搭配和组合，不仅展现了汉语的逻辑性和系统性，也为言辞美的创造提供了广阔的天地。正因为汉语内在的美感，每一次恰当的言辞表达都能触动听者的心灵，实现情感的共鸣。因此，语言美与言辞美是密不可分的，言辞美是语言美的具体化和深化，反映了语言艺术的精髓。

在语言美学的探讨中，形式美与内容美构成了其核心的二维架构。语言的表达形式涵盖了口语与书面语，二者各具特色与功能。口语，作为日常交流的主要方式，以其简洁流畅、通俗易懂的优势而闻名，常常融入即兴的元素。相对而言，书面语则更加规范、严谨，遵循严格的词汇和语法规则，句子结构复杂，擅长运用修饰语和限定语，通过精心构建的语言符号和修辞技巧传达意境。语言的美感不仅体现在其表面的形式，更在于其内容的深度与广度。内容美是指语言能够形象生动地传达思想与情感，根据不同场合和目的展现出多元化的语言魅力。比如，优美的诗篇和散文能够抚慰心灵，唤起情感共鸣；充满哲理的文字能启迪思维，引发深层次思考；批判性的文字能拓宽视野，引导人们从新角度审视问题；鼓舞人心的文字能激励斗志，赋予人们前进的动力；而深奥的文字则引领读者独立思考，探索未知领域。每种文风都有其独特的风格和内涵，为读者带来不同的感悟和体验。因此，语言的内容美被视为语言美学的核心，它反映了语言表达的本质和价值。内容美不仅涉及语言的表达技巧，更是语言文化深层次的体现。深入研究语言的内容美，不仅有助于我们更深入地理解语言艺术，还能推动文化的传承与发展。总之，语言的形式美与内容美相得益彰，共同构筑了一个多姿多彩的语言世界。

二、汉语的美学体现

（一）形式美

汉语的魅力在于其形式与内容的和谐交融，这种交融赋予了汉语特有的节奏与韵律之美。汉语的形式美在于音节的整齐与和谐，使语言听起来悦耳、读起来顺滑。尤其是汉语音节的形式美，许多修辞手法都彰显了这种美，在语言形式上展现出独特的韵味。

（二）内容美

在日常交往中，注意措辞和行为的得体性是极其重要的。合适的语言表达不仅要符合自己的身份，更要适应特定的交流场合，给人留下良好的印象，这样才能顺利与人沟通，达成交流的目的。优雅的谈吐本身就是一种吸引力，能在互动中带给人们温馨和舒适的感觉。然而，做到言语得体并不简单，因为语言交流是一个包含众多变量的复杂过程。

言语的得体性不仅在于内容本身，更在于对场合和对象的洞察力。同样的话语在不同的环境和对象面前，可能会产生完全不同的效果。因此，我们在交流时需要根据具体情况灵活调整语言和行为，以实现最佳的沟通效果。

三、语言意境在汉语言文学中的具体应用

汉语，作为承载悠久历史与深厚文化的语言，其独特的意境之美，正是其文化精髓的高度凝练。对于致力于汉语言文学学习的学生而言，探究并解析这种意境，构成了他们基本而关键的素养。汉语言文学的意境之美，主要体现在以下几个层面。

首先，在文学作品的欣赏过程中，意境的作用至关重要。杰出的文学作品具有荡涤心灵、启迪思维的力量，能令作者与读者实现跨越时空的交流。为了深入领会作品内涵，读者需具备敏锐的洞察力和个性化的解读能力，而这依赖于对作品中意境的深刻分析。通过对意境的深入探究，读者能够更准确地捕捉作品的情感和思想，与作者产生情感共鸣。

其次，在写作实践中，意境的营造显得尤为重要。写作不仅是语言的输出，更是内心情感的抒发。作者需要在丰富的内心体验指导下，巧妙运用词汇，塑造出独特的意境和氛围。一篇优秀的文章，往往在意境的打造上匠心独运。作者借助意境的精心营造，让文章更具生动性和感染力，以激发读者的共鸣。

　　最后，意境的运用亦体现在对语言规律的理解与运用上。汉语作为一门学科，拥有其内在的规律性。在我国这样一个多民族、地域辽阔的国家，尽管普通话的普及使大多数人能够较为标准地使用它，但地域差异依然存在，导致部分人在普通话的掌握上存在不足。此时，若能运用语言的意境，借助语感，我们便能更加轻松地理解他人，使交流更加顺畅。通过意境的运用，人们能在语言表达过程中更加灵活自如，更好地传递和接收信息。

　　综上所述，汉语言文学的意境之美不仅体现在文学作品的欣赏和创作中，也体现在对语言规律的理解和运用上。对于汉语言文学学习者而言，深入理解和运用意境，是一项基础且至关重要的能力。通过深入探究和运用意境，我们能够更加精准地欣赏和创作文学作品，提高语言表达能力，促进有效的沟通与交流。

　　语言是沟通与交流的桥梁，也是中华文化宝库中的瑰宝。掌握汉语不仅能帮助我们流畅地交流，更能让我们深刻体会中华文化的深厚底蕴和独特魅力，从而提升个人的文化修养。因此，提升语言表达能力和意境运用技巧对每个人来说都极为重要。通过深入学习和灵活运用汉语，我们不仅能实现有效沟通，还能在文化交流中展现更加高雅的素养和魅力。

第二节　形象美

　　汉语是最古老的语言之一，内在充满了美感。汉语的音节和谐悦耳，汉字的形态与构造优雅精致，其语言结构也展现出独特的审美风格。汉语的美妙之处在于其音韵的丰富。汉语音节界限分明，以元音为主导，发音清晰响亮，充满了音乐性的节奏和韵律。四声的运用是汉语的独特之处，通过不同的声调变化，可以表达不同的意义。汉语作品读起来宛如聆听音乐，极富韵味。比如，诗歌、散文、辞赋等文学体裁，都体现了汉语独特的美感。诗歌以简洁的词汇和严谨的韵律，传达出深邃的思想和感情；散文以流畅的笔触和多样的表达，表现作者的思考和情感；辞赋则以华丽的辞藻和精美的结构，展示了汉语的华丽与深邃。这些文学体裁不仅内容丰富多样，而且在语音上极具美感，让人在阅读和朗诵时能感受其形象美。

总的来说，汉语的形象美，既表现在音节的清晰度和韵律的和谐，也体现在汉语作品读起来朗朗上口，充满了别具一格的美感。

一、语言和语言形象

语言是人类通过发音器官创造的声音符号，它不仅承载着特定的意义，也是声音与含义的和谐统一。作为沟通和联系的桥梁，语言在推动人类社会文明进步过程中起着至关重要的作用。语言的功能不仅仅局限于基础的交流，还涵盖以下方面。

（一）语言的承载功能

语言是文化的载体，具有巨大的承载力量。我们通过语言探索文化的根源，传承和弘扬文化精髓。我们通过语言将价值观和文化基因代代相传，将经典文化融入日常生活，深入人心，营造出一种人人学习经典、热爱经典、传颂经典的良好氛围。

（二）语言的美学价值

汉语作为一种古老的语系，拥有独特的审美韵味。这种美不仅体现在汉字的结构之美、语言的韵律和谐之美，还在于语言本身所蕴含的生活之美。语言的美不仅在于其形式，还在于它所塑造的形象之美。语言形象包括语言的组合、形态、声音等多个维度。

语言不仅是交流的工具，更是一门艺术、一种文化传承，它具有独特的审美价值。通过语言，我们不仅能够更有效地沟通和理解，还能继承和发扬文化，享受语言带来的美感。文学与语言紧密相连，文学正是借助语言的肥沃土壤才能茁壮发展。实际上，正是语言的形象性为文学中的人物塑造提供了基础。作家通过对语言内含的"美学元素"进行挖掘与融合，进而彰显出语言特有的形象魅力。

二、汉语形象的特性

汉语形象，这里特指汉语言文学中的修辞魅力，而非单纯的汉字形态或书法艺术。从语言学角度看，汉语本身具有和谐之美，例如音节的韵律感、四声的抑扬顿挫、语调的波动起伏等，都呈现出汉语的审美价值。当汉语的诸多语言技巧和功能在文学审美艺术中恰到好处地运用并取得显著成效时，汉语的形象美便得以显现。汉语的形象美主要体现在修辞技巧上，这些技巧在文学作品中被广泛运用。借助这些修辞手段，人们在描述事物时能更加形象、贴切、生动，充满表现力。这些修辞手法在句子、段落和篇章中屡见不鲜。如何巧妙地运用这些修辞技巧，以准确、形象地传达意图，是汉语形象美的核心所在。具体来说，汉语通过运用声音、句法、修辞和语言风格等多种手法，实现了特定的表达意图，彰显出其别具一格的形象之美。

三、汉语形象的表现

（一）语音形象

汉语语音蕴含着独特的韵味。在语音形象方面，汉语音节之间的界限清晰，每个音节的独立性较强，易于辨识。普通话中的音节通过四声来区分意义，四声的存在使汉语音节更加凸显韵律感和和谐性。正是这种韵律感和和谐性，使汉语的各种文学体裁展现出优美的语音形象。

在朗读时，我们需要通过语音传达文章内容，注意停顿、重音、语速和语调等，这些都是构成语音形象的关键因素。在朗读过程中，只有综合考虑以上因素，才能更充分、直接地传达作者的情感，同时更好地展现汉语语音形象的美。通过恰当的语音处理，我们不仅能够更好地理解和欣赏文学作品，还能在交流中展现出汉语的独特魅力。

（二）文法形象

在文学创作的领域，修辞技巧扮演着至关重要的角色。它不仅涵盖了词汇的精心选择与巧妙搭配，还涉及句子的构建规则以及篇章结构的合理安排。在词汇搭配方面，我们探讨如何灵活组合词语，使语义更加清晰。至于句子的构造章法，我们需要关注如何将词语组合成符合语法规范的句子。只有遵循一定的规则，句子才能被广泛认可并视为标准。修辞手段的恰当运用，能够让句子更加流畅和优雅，这就是我们所说的润色。

一篇文章的构造需要遵循一定的法则，以确保其内容条理分明、逻辑性强。一篇优秀的文章通常具有以下特质：首尾呼应，文章的开头与结尾、各个段落之间应保持逻辑上的连贯性；主题鲜明，文章的中心思想或议题应当明确有力；内容布局合理，关键信息应详尽阐述，次要内容则简要带过。遵守这些准则，文章的基本框架就能保持稳固，为后续的修辞加工打下坚实基础。通过对词汇的挑选、句式的构建和全文结构的调整，可以使文章更加通顺、更有吸引力。无论是词汇的搭配、句子的编排，还是文章的整体布局，都必须遵循一定的规则。这些规则既是语言表达的基础，也是撰写优美文章的关键所在。因此，语法不仅是语言形式的规范，它还反映了语言艺术的魅力，代表了一种文化和智慧的表达。

（三）语体形象

语体形象在文学文本中扮演着重要角色，它不仅涵盖小说、戏剧、散文等多种文学体裁，而且从文风角度出发，还可以进一步划分为纪实体、传记体、抒情体、叙事体等多种风格。

四、汉语形象的重要地位

汉语形象问题的重要性不容忽视。在古代，古汉语的审美和表现力极为出众，具有独特的美感。古汉语本质上是一种书面语言，与口语之间存在较大差异。在过去社会发展较为缓慢的时候，尽管口语和书面语有所不同，但这并未造成严重困扰，人们仍能准确地传达各种概念和情感。然而，在现代社会，古汉语逐渐显现出与现实生活的距离，现代汉语应运而生。现代汉语与口语保持一致，书面语与口语之间没有明显的差别，许多新词汇和外来词随之产生，人们的主观感受得以更精确地表达。汉语形象问题是一项关键课题，如果处理得当，将对我国的文化地位和文化认同产生积极影响。现代汉语形象问题实际上是如何更准确地反映现代中国人的生活体验，同时也关系到中国文化的现代性。现代汉语形象问题主要涉及以下几个层面。

首先是古汉语与现代汉语的关联，如何在现代社会中平衡这两者的关系，是我们面临的一大挑战。

其次是中西方语言的交流问题，如何吸收和借鉴西方语言成为现代社会的一个难题。

再次是文学语言与标准语的关系，两者之间的张力在现代文学中尤为突出；然后是俗语与雅语的问题，这两者在现代社会中存在明显差异，两者之间的较量从未停歇。

最后是文学语言的表达问题，现代汉语是否能够清晰传达自身及事物的价值，这是现代文学语言需要面对的一大挑战。

这几个问题是我国现代文学的基本问题，对这些问题的研究和解答，将展示汉语独特的语言魅力。

五、汉语形象美学

汉语形象在文学创作中的重要性显而易见，但在美学研究领域，其影响力却与研究的视角紧密相连。当我们从现代美学的全新视角来审视，汉语形象的美学价值可能不会那么突出，因为现代美学更注重内容的深层思想，而对语言形式的探讨则相对忽视。为了使汉语形象在美学领域获得应有的地位，我们必须为其开辟新的发展方向，提升其显著度。这种显著度的提升，依赖于构建新的理论体系和分析范式。那么，如何选取这些理论体系和分析范式呢？这就构成了汉语形象美学产生的背景。汉语形象美学作为一个全新的研究领域，旨在从汉语审美的角度对文学现象进行深入解读。下一步，我们要探讨的是汉语形象美学的研究对象及其独特的研究特点。

汉语形象美学聚焦于文学领域的探索，尤其是文学作品中对汉语形象的表现，而不仅仅是对汉语言的学术研究。在文学作品中，汉语形象与现代汉语言紧密交织，文学语言与日常社会语言同样密不可分。若忽略它们之间的相互影响，仅从单一视角进行探讨，则会限制视野，难以全面把握文学作品的社会价值和文化内涵。

随着互联网时代的到来，新网络词汇层出不穷，极大地丰富了人们的交流方式和情感表达，这也给文学创作带来了新的挑战和机遇。如何在文学作品中真实、生动地反映这些日常生活的语言变化，成为当代作家和诗人面临的新课题。

诗人肩负着至关重要的任务，他们以独到的语言艺术，为文学作品注入新的活力，同时也为公共语言的丰富和发展提供了创新与动力。社会语言的演变与文学作品中汉语形象的塑造紧密相连，若割裂这种联系，文学作品中的汉语形象可能会变得过于完美，丧失其在现实社会中的基础和价值。因此，保持文学语言与日常社会语言之间的互动，对于促进汉语形象美学的进步和整个文学领域的繁荣都具有极其重要的意义。

汉语的魅力在于其独特的修辞性，这种特性使它在文学和诗歌中能够展现出强烈的感染力，展现出非凡的艺术魅力。汉语形象的美，不仅体现在其固有的美学特质上，还体现在它通过文学与诗歌表现出来的艺术高度。汉语形象美学聚焦于汉语形象的美感和其修辞效果的生成机制。当汉语形象能够精确而强烈地传达人类情感，并引发深刻的艺术共鸣时，便达到了一种成熟且深奥的美学境界。这一过程中，修辞扮演着至关重要的角色，它不仅是实现汉语形象美学价值的核心，也是增强其审美特质的关键。因此，汉语形象美学的研究核心在于，如何运用高效的修辞策略，提升汉语形象的表现力和艺术感染力，进而更好地服务于文学创作与审美体验。

汉语形象美学的研究核心主要关注语言的修辞性和审美价值。随着对语言认识的不断加深，语言已从过去的辅助角色转变为根本性、重要性的存在。它不再是文学的配角，而成为一种独立的价值实体。因此，汉语形象美学突破了传统语言研究的范畴，不再简单地将语言看作是交流或文学创作的工具，而是将汉语本身作为研究的核心，深入探讨其内在的审美特性。汉语不仅承载着诗意的美，更是这种美感的创造关键。在分析诗歌时，我们不应只关注其思想内容，还应该重视诗歌在语音上的协调与平衡。只有语言形式与内容相得益彰，才能深刻展现诗歌的主题思想。

第三节　修辞美

在 20 世纪 80 年代，语言学研究领域开始热衷于文化探究，学者们开始深入探讨语言和文化的紧密交织。这股研究热潮很快影响了修辞学，催生了修辞文化的研究。从文化的视角对汉语修辞进行系统的理论探索，不仅促进了修辞学理论的发展，也加深了我们对修辞与文化关系的理解。修辞与文化有着密切的联系，修辞的美学表现如形式美、内容美、音韵美和对称美，都是在特定的文化背景下形成的，它们反映了该文化的独特魅力。汉语修辞的美学特性，既体现了人们的审美观念和偏好，也揭示了语言与文化之间的复杂互动。因此，从修辞角度出发，研究修辞美学，并结合语言文化背景进行审视，有助于我们更深入地理解语言、文化和修辞之间的内在联系。这种研究不仅能够提升我们对修辞美学的认识，还能为修辞学的进一步研究和实践提供重要的理论支持和指导。在这个过程中，我们能更准确地理解修辞在文化传承和发展中的作用，以及它在塑造民族精神和推动文化认同中的特殊价值。

修辞一词，直观地揭示了其调整与修饰的双重内涵。在这个概念中，"修"指的是对语言进行精细的雕琢和完善，而"辞"则涉及言辞运用的巧妙技巧。修辞的核心在于，在人际交往或文学创作等书面表达场景中，通过对语言要素的精心打磨与修饰，达成特定的交流目标，以提升表达的品质。简而言之，修辞艺术就是巧妙地运用语言，增强信息传递的效果，让表达变得更加生动、有力，并能深刻触动人心。修辞学通过调整言辞，使信息的传递不仅停留在表面的语义层面，还能深入听众的内心世界，实现更深层次的交流和共鸣。

第四节　语境美

语言的应用紧密依赖于其特定的使用环境，即所谓的语境。语境在语言表达中扮演着至关重要的角色，因为没有语境，语言也就不存在了。在日常交流中，语言的得体性体现在我们能否根据具体的语境，选择恰当的语言表达方式，以实现有效的沟通。比如，同一句话在不同语境下说出时，其效果可能会有很大的差异。我们在交流时要注意语境，以防止产生不必要的尴尬。

以白居易的《长恨歌》为例，其开篇即巧妙地设定了故事背景。一句"汉皇重色思倾国"，蕴含了深层的含义。白居易运用其高超的语言艺术，仅凭一句话就营造了一个意义深远的语境，为后续情节的展开奠定了基础。这句话不仅预示了悲剧的来临，更揭示了悲剧的根源恰恰在于悲剧的主角自身。

《琵琶行》作为《长恨歌》的姊妹篇，诗人巧妙地利用语境塑造了一系列栩栩如生的人物形象，令人难以忘怀。例如，"千呼万唤始出来，犹抱琵琶半遮面"这句诗，不仅展现了琵琶女的羞涩含蓄，也透露出她历经人世沧桑后的无奈与痛楚。诗人通过细腻的语境描绘，使人物形象跃然纸上，故事情节也深深印在读者心中。

　　语言的魅力在于如何通过语境塑造，使人物形象更加立体。以曹雪芹的《红楼梦》为例，书中的每一个人物都性格鲜明，各具特色。我们能感受到这一点，正是语境的力量所在。在特定的语境中，通过人物的语言、动作等细节的描绘，我们能够洞察他们的个性特点。这些人物形象在语境的烘托下，显得更为真实生动。

　　当我们阅读王维的《山居秋暝》时，仿佛进入了一个独特的语境美学空间，一切都在宁静、闲适的氛围中舒展开来。每一处景致都清新宜人，读者仿佛身临其境，感受着诗人笔下的画面。这些画面不仅在我们心中长久地留存，还成为我们内心体验的一部分，进而融入我们的生命，成为我们自身的一部分。

　　通过这些例子，我们可以看到，语境的力量在于它能够使文字超越纸面，成为一种活生生的体验。无论是人物形象的塑造，还是自然景致的描绘，语境都能够赋予文字以生命力，使其在读者心中留下深刻的印象。

　　我们深入探讨了语境美的价值所在。语言与语境紧密相连，一旦脱离了语境，语言便失去了其真正的意义。同理，艺术同样依赖语境的存在。只有精通语境的营造与运用，能够根据不同语境灵活调整语言和艺术策略，才能真正展现出语境所蕴含的美学魅力。在文学作品中，语境通过特定的背景、情感与氛围，让文字变得更加鲜活，充满感染力。卓越的语言与艺术策略，不仅体现在技巧的运用上，更关键的是对语境的深刻把握与灵活应用。只有在恰当的语境中，语言与艺术才能发挥最大的魅力，打动人心，引发共鸣。因此，无论是创作者还是欣赏者，都应重视语境的构建与理解，这样才能更加深刻地体验并传达语境之美。

第三章 汉语言文学经典阅读的历史与现状

第一节 传统社会中的汉语言文学经典阅读实践

一、书院制度下的汉语言文学经典教学与研读

在书院的教学过程中，汉语言文学经典文本的诵读和背诵是基础环节。学子们往往以背诵为主，在反复的诵读中强化对经典的记忆和理解。这种教学方法不仅增强了学生的记忆力，也在诵读的过程中逐渐感受经典文本的节奏和韵律，从而提高了对语言的感受力。老师在教学中重视诵读的作用，认为通过反复吟诵，学生能够真正领悟经典之美，并逐渐内化为个人修养的一部分。

老师在学生诵读的基础上，进一步引导他们对汉语言文学经典内容进行剖析和探讨。在教学中，教师往往采用逐句解释的方法，通过对字词的讲解，使学生理解经典中的深层含义。这种解释不仅仅是对文本表面的阐释，更是结合当时社会的实际情况，让学生从中汲取智慧和生活经验。精细的讲解让经典从死板的文字化身为可供借鉴的思想体系，为学生提供了处理社交事务的智慧。

在书院的研读过程中，汉语言文学经典教学不仅停留在知识层面，还注重引导学生进行深度的思想辨析。书院制度重视培养学生的批判思维，通过讨论和辩论，让学生在理解经典的同时，对其中的内容进行多角度的思考。书院中的辩论并非争辩胜负，而是旨在启发学生的思维，使他们在观点的交锋中获得

更为深刻的认知。书院中的经典教学多采用启发式教学方法，老师常常通过设问的方式引导学生思考经典中的道理。例如，教师会通过提问让学生深入思考某句经典的含义，而学生则在问答过程中不断加深对经典的理解。启发式教学不仅活跃了课堂气氛，还让学生在自主思考中掌握知识，增强了学习的主动性。

书院制度下的汉语言文学经典教学常常以讨论为形式，学生在交流中相互学习、共同进步。书院注重学生之间的互动，学生在讨论中分享自己的理解，提出不同的见解，从而形成多元化的思维。这种讨论不仅拓宽了学生的视野，也使他们在交流中提高了表达能力。通过这种方式，学生可以不断深化对经典的理解，使经典文本不再是孤立的知识点，而是与生活紧密相关的思想宝库。书院并不只是单纯的知识传授机构，更是社会教育和德行培育的重要场所。书院教育不仅关心学生的知识水平，更注重他们的品德修养。许多书院在教学中强调经典与生活的联系，通过对经典的学习，使学生在面对社会实际问题时能够找到应对之道，并从中领悟做人、做事的道理。

在汉语言文学经典教学的实践中，老师们在教学中身体力行，用自己的言行诠释经典中的道德观念。学生在学习过程中不仅受到知识的熏陶，更受到了老师品行的影响。教学氛围使经典教学不仅仅停留在文字的传授上，而是通过师生之间的互动，形成了一种潜移默化的教育力量。学生从老师的言行举止中领悟经典的深层含义，进一步增强了对经典的理解。

书院的汉语言文学经典教学不仅注重知识的传授，还鼓励学生在日常生活中实践经典中的思想。书院的学生在学习过程中，逐渐将经典的内容应用到生活中，通过日常的点滴行为展示经典思想的影响。书院对学生在学习态度和生活行为上都有较高的要求，通过各种规章制度培养学生的自律能力。许多书院通过晨诵和晚省的方式，帮助学生养成良好的学习习惯和生活态度。这种严格的纪律管理有助于学生在经典学习过程中逐渐形成高度的自律。

书院制度下汉语言文学经典研读的教学方式具有高度的规范性，学生在书院的教育中逐渐形成了对经典的系统认知。书院通过循序渐进的教学模式，使学生能够在学习过程中逐步掌握经典的精髓。许多书院根据学生的学习进度，制订详细的教学计划，从基本知识到深入探讨，使学生在系统学习中逐步构建起对经典的全面认识。书院并不鼓励学生盲目接受知识，而是引导他们在学习中不断思考经典中的道理。许多书院教师鼓励学生提出自己的见解和疑问，并通过辩论和讨论来验证自己的看法。

二、家庭教育中的汉语言文学经典传承

在传统家庭教育中，家长常常要求子女诵读四书五经等儒家经典，通过反复背诵和理解，子女得以将经典的内容深深植入记忆之中。这种诵读不仅是对知识的记忆，更是对品格的塑造，汉语言文学经典中的道德思想通过诵读逐渐融入子女的心灵，使其逐渐形成对忠、孝、仁、义等传统美德的理解。家庭教育中的经典传承不仅限于诵读，家长在日常生活中通过自身的言行举止，向子女展现经典中的道德规范。父母作为经典的实际践行者，将经典中的伦理观念生动地体现出来。子女在日常观察和模仿中，将这些行为内化为自身的准则，并逐渐形成对经典价值观的认同。

在家庭教育中，汉语言文学经典传承还体现在对家庭规矩的制定和遵守上。许多家庭会根据经典中的道德观念制定家规，通过严格的家规教育来规范子女的行为。例如，《朱子家训》这样的经典家庭规训，明确了家庭成员的责任和义务，成为代代相传的行为准则。家规的实施不仅使子女在成长过程中得到了良好的品行教育，还增强了家庭的凝聚力，使经典的道德观念在家庭生活中得到具体的落实和传承。此外，长辈在家庭中常常以经典故事为素材，为子女讲述古代贤人、忠臣、孝子的事迹。通过这些生动的故事，子女不仅获得了文化知识，还在潜移默化中受到榜样的激励。经典中的人物形象和他们的行为让子女在生活中有了参照和学习的榜样。

家庭教育还重视对子女行为的规范和引导，使汉语言文学经典的道德观念真正内化为子女的行为准则。父母在日常生活中不断提醒子女遵循经典中的道

德规范，对子女的不良行为进行纠正。这种教育方式通过持续的引导和约束，让子女在日常生活中逐渐形成正确的价值观和行为习惯。父母的监督和纠正使子女能够在生活实践中不断体会和领悟经典中的价值观念，使经典的影响力得以在家庭中长久保持。

值得一提的是，在许多传统节日中，家庭会举行具有汉语言文学经典文化内涵的活动，这些活动常常伴随着经典的诵读和礼仪的传授。通过这种具有仪式感的活动，子女能够更为直观地感受经典与生活的联系，从而增强对经典文化的认同感和归属感。家庭教育中的经典传承还注重对子女思想和品德的引导。父母在日常生活中通过经典中的道理教育子女如何为人处世，对子女的思想进行启迪。例如，父母会引用《论语》中的箴言，教育子女要讲诚信、懂礼仪，这些道理在子女的成长过程中发挥了作用。汉语言文学经典成为父母对子女言传身教的思想资源，使子女在成长中受到经典的熏陶，从而在思想品德上得以提升。

在家庭教育中，汉语言文学经典的传承也体现在对子女个性发展的鼓励上。许多家庭在对子女进行经典教育时，并不单纯地要求子女照搬经典中的思想，而是鼓励他们在理解的基础上形成自己的看法。父母通过对经典内容的讨论，引导子女形成独立的思考能力，使他们在学习经典的过程中形成批判性思维。在许多传统家庭中，家族会珍藏和传递经典书籍，家庭藏书成为子女学习的宝贵资源。子女通过阅读家藏的经典书籍，能够更加全面地接触经典的内容。家族的藏书传承不仅使经典在家庭中得以保存，还让子女在阅读过程中感受到家族对经典的重视，从而增强了对经典文化的敬仰之情。

汉语言文学经典的传承方式还包括亲子共读。许多家庭在日常生活中，父母和子女会一起诵读经典，通过共同学习的方式增强亲子关系。共读的过程不仅让子女在学习中获得了父母的陪伴，还在互动过程中加深了对子女的教育效果。父母在共读过程中随时给予子女指导，使子女在理解经典的过程中获得更为深刻的体会。经典传承在家庭教育中的深远影响还体现在代际的文化纽带上。

祖辈将经典的知识和价值观传递给子辈和孙辈，使经典成为家族文化的重要组成部分。代际的经典传承使家族内部形成了共同的文化认同感和价值观，经典成为家庭成员间的重要纽带。

第二节　现代社会中的汉语言文学经典阅读演变

一、现代教育体系对汉语言文学经典阅读的规范化

随着教育目标的变化，汉语言文学经典阅读更加强调学生的理解和思考能力。现代教育体系重视培养学生的综合素质，因此在阅读经典时，教师往往引导学生对作品进行深入分析。教师不仅要求学生掌握经典的表层含义，还鼓励他们思考作品的思想性和艺术性，使学生在理解文本的同时获得独立思考的能力。这种教学方式通过对经典的分析，提升了学生的审美能力和文化理解力，进一步加深了经典在教育中的地位。

进一步来说，现代教育体系对汉语言文学经典阅读的规范化还体现在教材的统一性上。许多学校的语文教材中所选取的经典作品大多经过精心编排，以确保学生在学习过程中接触具有代表性的经典文本。教材的统一选编不仅为经典阅读提供了系统化的教学资源，也使学生在不同学段中逐步加深对经典的理解。统一化的教材体系确保了经典阅读的连续性，使学生能够系统而全面地接触经典作品，为他们打下坚实的文化基础。

在课堂教学中，教师对汉语言文学经典的讲解和诠释进一步推动了阅读的规范化。教师在讲解经典时，常常结合作品的创作背景、人物形象和情节结构，以帮助学生更好地理解作品的思想内涵。通过详细的讲解和分析，学生不仅理解了作品的内容，还能深刻体会其中的思想和情感。教师的引导使经典作品的阅读不再是单纯的文字学习，而是一个充满启迪的过程，这种规范化的讲解方式使经典阅读成为课堂教学的重要组成部分。

此外，现代教育体系通过考试和测评手段进一步强化了汉语言文学经典阅读的规范化。考试中涉及经典作品的内容，要求学生不仅熟悉作品的具体情节，还能够理解和分析其中的思想主题。这种考试方式使学生在学习过程中更加重视经典阅读，教师在课堂上也会更加注重对经典作品的系统化讲解。教师不仅重视经典文本的传授，还注重培养学生的阅读方法，向学生讲授如何分析经典作品的结构、主题和修辞手法，使学生能够在阅读过程中掌握有效的分析方法。

许多学校通过阅读活动、经典阅读计划等方式，引导学生在课外时间自觉学习汉语言文学经典。学校往往会推荐一些适合学生年龄层的经典书籍，使学生在自主阅读中拓宽视野，提升文化素养。通过这种方式，经典阅读不仅局限于课堂，还延伸到学生的课外生活，使学生能够在更广泛的阅读环境中接触经典，从而加深对经典的理解和热爱。随着教育技术的发展，许多学校采用电子教材、线上阅读平台等方式，使学生能够更方便地接触经典作品。电子教材中的经典文本不仅包括详细的注释，还配有多媒体资源，为学生提供了更加直观的阅读体验。

此外，许多学校根据学生的年级和学习能力，制订了详细的经典阅读计划，通过每学期的阅读任务确保学生对汉语言文学经典的逐步掌握。教师在阅读计划的实施过程，对学生的阅读进度进行监督和指导，使经典阅读的学习更加系统有序。在经典阅读的考评方面，许多学校采用阅读报告的方式，让学生在阅读后完成书面报告或口头汇报。学生不仅要掌握作品内容，还需要对经典进行个人分析，表达自己的见解。阅读报告的方式培养了学生的表达能力和思考能力，使他们在阅读中能够逐步提升自己的思维深度。

现代教育体系还通过竞赛和评选活动激励学生参与汉语言文学经典阅读。许多学校定期举办阅读竞赛、知识问答等活动，让学生通过参与加深对经典的了解。竞赛的形式不仅增加了经典阅读的趣味性，还通过竞争激励学生主动学习经典。学校也会鼓励教师在教学中使用多种阅读资源，丰富经典阅读的教学内容。例如，教师会使用影像资料、学术论文等辅助材料，让学生在课堂上更全面地了解经典的多元背景。

教育体系中的汉语言文学经典阅读规范化还依赖于家庭和社会的协同支持。学校通过与家长合作，鼓励家庭共同参与经典阅读，家长在日常生活中帮助孩子养成阅读习惯。许多家长通过与孩子一起阅读经典，形成家庭阅读的氛围，使经典成为家庭教育的一部分。这种家庭与学校的合作增强了经典阅读的有效性，使学生在多层次的阅读环境中对经典产生浓厚的兴趣和深刻的理解。

二、大众媒体对汉语言文学经典阅读方式的革新

影视媒体对汉语言文学经典的改编是大众媒体革新的体现之一。经典作品被拍摄成电影、电视剧等形式，以视觉化的手段将文本中的人物、情节和场景具象化，增强了观众的感官体验。例如，《红楼梦》作为经典小说被多次搬上荧屏，导演和编剧通过对原著的细致刻画，使观众能够在视觉上直观地感受人物情感的微妙变化。不仅满足了观众的审美需求，也使其思想内涵在视觉层面得以传达。与此同时，许多广播电台开设经典作品朗读栏目，通过播音员的声音表演，使听众在聆听中体会经典文本的韵律和情感。听众在闭目聆听中，仿佛进入其情境中，使经典阅读不再局限于视觉，而是通过声音获得了一种全新的感受，丰富了经典阅读的方式。

网络平台的普及为汉语言文学经典阅读带来了前所未有的便利性。读者可以通过电子书、在线图书馆等方式，随时随地接触经典作品。网络媒体将大量经典作品数字化，使读者在移动设备上便可轻松阅读。电子书的便捷性改变了传统经典阅读的时间限制和空间限制，使经典的获取更加灵活。网络平台还通过个性化推荐系统，根据读者的阅读习惯推荐适合的经典作品，使读者在丰富的阅读选择中更容易找到心仪的作品。社交媒体上的经典阅读打破了个人阅读的局限，形成了一个共同交流的平台。许多读者在社交平台上分享经典作品的感悟，发表对作品的理解，使经典阅读从个人的思索延展为群体的讨论。通过社交媒体，经典阅读逐渐形成了"阅读圈"，交流和互动促进了读者

对经典的多角度理解，使经典作品在不同文化背景和思想视野中被重新审视和解读。

在大众媒体的推动下，汉语言文学经典的碎片化阅读方式逐渐流行。许多网络平台将经典作品的内容分为短小的章节或段落，便于读者在碎片时间中阅读。碎片化阅读虽然减少了对作品的整体把握，但也为快节奏的现代生活提供了符合时间需求的阅读方式。读者在碎片化阅读中能够快速了解经典作品的基本情节和思想，在提高经典接触率的同时，使经典的阅读方式更加灵活和多样。

直播平台的兴起也为汉语言文学经典阅读注入了新的活力。许多平台推出经典作品的直播朗读活动，主播通过视频直播与观众互动，分享经典中的感悟。这种直播形式将经典阅读从单向的文字输出转变为互动性的交流过程，使观众在观看和参与中形成对经典的即时感受。主播的生动讲解和互动解读不仅增加了阅读的趣味性，也为经典阅读带来了亲切感，使更多人通过直播的方式感受汉语言文学经典的独特魅力。

此外，短视频以其快速、直观的特性，使汉语言文学经典能够在短时间内被观众接受。许多短视频创作者通过剪辑和配乐，将经典作品的精彩片段以视频形式呈现出来，使观众在几分钟内便可感受经典的核心内容。这种方式将经典中的情节和主题浓缩为视觉化的影像，通过轻松的观看方式提升了观众对经典的兴趣和关注。

动画和漫画等大众媒体形式也为汉语言文学经典的再创作提供了新的途径。经典作品中的人物和故事情节通过动画和漫画的形式被具象化，吸引了大量青少年的关注。许多经典作品被改编为动画，角色形象被赋予了鲜明的个性，使年轻观众更容易产生情感共鸣。动画和漫画以其生动的表现方式，使经典中的人物和情节更具亲和力，为经典阅读的推广起到了积极作用。

数字化平台通过为汉语言文学经典添加注释和背景资料，增强了读者的理解力。许多在线阅读平台在经典作品的文本旁附有注释，帮助读者理解其中的生僻字词和文化典故。读者在阅读中随时点击注释，获得即时的知识补充，这种方式有效减少了阅读经典时的障碍，使经典的内涵更易被读者接受和理解。数字化平台的注释功能增强了经典阅读的辅助性，使读者能够在阅读过程中加深对作品的把握。同时，网络媒体使经典作品能够迅速在全球范围内传播，不同国家和文化背景的读者可以通过网络接触、了解和欣赏汉语言经典文学。

第三节　不同人群对汉语言文学经典的接受与反应

一、不同年龄层对汉语言文学经典的感知差异

许多汉语言文学经典对儿童来说，可能并不容易理解，然而其中鲜明的故事情节和生动的角色形象对他们具有极大的吸引力。儿童在阅读经典时，更倾向于从视觉形象和简单的情节中获得快乐，而非探讨作品的深层含义。儿童读者关注的往往是故事本身的有趣性和人物的动作描写，如神话、传说类经典中的奇幻情节对他们具有较强的吸引力。

青少年群体对汉语言文学经典的感知则呈现出多样化的特点。青少年在阅读经典时，不仅关注情节的展开，还对人物关系和情感表达表现出浓厚兴趣。青少年读者在成长过程中渴望理解复杂的人际关系和情感世界，因此，他们在阅读中容易被经典作品中的情感冲突、友谊等吸引。例如，许多青少年读者在阅读《红楼梦》时，更容易被贾宝玉与林黛玉的情感关系所打动。青少年的阅读特点体现出他们在探索和理解人际关系方面的需求，经典作品成为他们自我认识和情感启蒙的重要媒介。

进入成年阶段后，读者对汉语言文学经典的感知更注重思想性与社会意义。成年人在阅读经典时，倾向于思考作品中与现实生活相关的内容。他们更关注作品中对人性、道德、社会问题的探讨，并从经典中获得人生的启迪与反思。

成年人往往将经典作品视为一种与作者思想对话的方式，通过作品中的情节和人物，获得对人生命题的深刻认识。

对于老年读者而言，汉语言文学经典阅读更多是对往昔岁月的追忆和人生经历的回顾。老年人由于具有丰富的生活阅历，在阅读经典时常常产生深刻的情感共鸣。他们倾向于在经典作品中寻找与自身经历相似的情感片段，将作品中的人物命运与个人的人生经历联系起来。老年读者在阅读中往往关注经典作品中的人生智慧和哲理性内容，从中获得对过去的反思和对人生的慰藉。例如，老年读者在阅读《论语》或《道德经》时，可能会格外关注其中关于生命、道德、和谐的论述，并在阅读中找到心灵的宁静与安慰。

二、地域文化差异对汉语言文学经典接受度的影响

中国幅员辽阔，各地的风俗习惯、方言、生活方式都有所不同，这些差异在汉语言文学经典阅读中表现出独特的地域文化特征。不同地域的人们对经典作品的接受方式、解读角度和兴趣点也有所差异。经典作品在流传过程中，随着不同文化背景的渗透，逐渐呈现出多样化的理解和接受方式，形成了经典阅读的地域特色。

在北方文化中，汉语言文学经典的接受度往往与豪放、刚毅的性格特点相呼应，人们对经典作品中的英雄主义和忠义精神尤为偏爱。例如，北方读者在阅读《水浒传》时，通常更容易被作品中的江湖义气和兄弟情义所感染。北方文化的豪放气质与经典作品中义薄云天的精神能够产生共鸣。

在南方文化中，汉语言文学经典的接受度常常与温和、细腻的审美特征有关。南方地区由于气候温润、文化多元，人们的生活节奏相对舒缓，阅读经典时更注重作品中的细腻情感和艺术表达。例如，南方读者在阅读《红楼梦》时，往往会被其中的情感描写和人际关系吸引，对作品中的诗词美学和细腻情感产生共鸣。这种对细腻情感的重视与南方文化的婉约风格相契合。

第四节　当代汉语言文学经典阅读中的挑战与机遇

一、信息"碎片化"对汉语言文学经典阅读深度的影响

"碎片化"信息的快速浏览模式要求人们迅速获取核心内容，形成了"速食"式的阅读习惯。在这种模式下，读者倾向于寻找简明的信息，而缺少了对作品细致分析的耐心。汉语言文学经典通常需要读者投入时间和精力进行反复阅读和深刻思考，然而"碎片化"信息的特点导致了读者对长篇文本阅读意愿的下降，进而影响了经典阅读的深度和完整性。此外，"碎片化"信息能够在短时间内提供大量的资讯，使读者在阅读过程中获得快速满足。然而，经典作品通常具有复杂的结构和深刻的内涵，需要通过细致阅读才能逐步揭示其中的思想价值。与此相比，"碎片化"信息提供的即时满足感让人们更加依赖快速的阅读体验，对经典的兴趣逐渐减弱。

"碎片化"的信息通常以短小精悍、通俗易懂的形式呈现，使读者在阅读时无须过多思考便可获取内容，这种方式削弱了人们阅读经典时的耐心和兴趣。经典作品中的丰富意象和复杂思想需要耐心探究，而"碎片化"信息的广泛传播使读者不再习惯于长时间沉浸在深层次的阅读中，这对经典作品的接受度产生了负面影响。"碎片化"信息的流通模式使人们习惯于快速浏览和浅层处理，逐渐丧失了深入分析能力和逻辑思维能力。经典作品中的思想性和艺术性通常需要读者进行系统性分析和深入思考，但"碎片化"的信息习惯使读者难以保持连贯的思维和深入的理解。这种思维方式的改变在无形中阻碍了经典作品的深层次理解，使经典阅读的效果大打折扣。

"碎片化"信息的普及还带来了信息过载的问题，使读者在众多信息中迷失，难以集中精力深入阅读作品。海量的信息在短时间内涌入，使读者在接收过程中感到疲惫，难以辨别信息的价值和重要性。汉语言文学经典的深度阅读

需要在安静的环境中保持专注，而信息过载使读者在阅读经典时容易分神，经典阅读的持续性和深入性因此受到限制。过量的信息干扰了读者的阅读流程，使其难以保持连贯性。与此同时，信息"碎片化"还使读者的记忆方式逐渐浅层化，难以对经典作品中的深刻思想和精致语言形成长久记忆。"碎片化"信息的频繁接触使读者习惯于短期记忆，难以形成系统的知识积累。经典作品中蕴含的文化价值和思想深度需要读者反复阅读、品味，才能在记忆中留存。然而，"碎片化"阅读的短暂性让经典作品中的深刻内容难以在读者的记忆中扎根，导致了经典阅读深度的缺失和理解的肤浅化。

在信息"碎片化"的背景下，读者的阅读时间也被大量占用，影响了阅读的持续性。"碎片化"的信息不断吸引读者的注意力，许多人将大量时间花费在短篇幅的资讯获取上，缺少了对汉语言文学经典投入的时间。经典作品的深度阅读需要连续的时间和精力投入，而"碎片化"信息的占据使读者难以保证足够的阅读时长。时间的分散直接削弱了经典阅读的持续性，读者在阅读经典时容易被打断，难以形成对经典作品的系统理解。"碎片化"的信息缺少系统性和连贯性，导致读者在接收信息时缺少整体框架，难以将零散的信息整合成系统的知识。经典作品的阅读需要从整体上把握作品的思想脉络和情节结构，而"碎片化"的信息习惯使读者难以形成连贯的理解，影响了经典作品的整体把握。知识整合能力的减弱使读者在阅读经典时难以深入挖掘作品的思想内涵，经典阅读的深度因此受到了限制。

此外，信息"碎片化"还在读者心理层面上产生了一定的负面影响。碎片化信息的快速浏览模式使读者在心理上追求高效，对长时间阅读产生抵触情绪。汉语言文学经典的阅读需要沉浸式的体验，而"碎片化"的心理习惯使读者难以在阅读过程中保持专注。同时也导致了经典阅读的解读方式趋于表面化，使许多经典作品的解读变得简单粗浅，读者倾向于关注作品的外在情节和表面意义，忽视了对深层思想的探讨。经典作品中蕴含的文化象征和哲学思考往往被浅层解读所掩盖，使经典的思想内涵难以得到充分挖掘，影响了经典阅读的深度。

二、新媒体平台在汉语言文学经典推广中的潜在机遇

短视频平台以其生动、直观的特点，成为经典推广的重要渠道。许多汉语言文学经典以短视频的形式，通过场景还原、角色扮演、情节概述等手法，将其核心内容简洁、生动地呈现出来。观众在几分钟内即可了解作品的背景和主题，能够迅速引起他们的兴趣。不仅扩大了经典作品的受众面，也使那些平时不接触经典的观众逐渐被作品吸引，潜移默化中提升了他们对汉语言文学经典的关注。

在直播平台上，许多博主和读书会通过直播间进行汉语言文学经典的朗读、解读和讨论活动，观众可以在直播过程中与博主互动，提出疑问并参与讨论。这种互动式的推广方式不仅增添了经典阅读的趣味性，也让观众在实时互动中加深了对经典的理解。直播平台为经典阅读创造了一个开放的空间，使读者能够在轻松的氛围中接触经典作品，从而增强了汉语言文学经典在新媒体时代的亲和力。

新媒体平台上的图文内容同样为汉语言文学经典的推广提供了便捷途径。许多新媒体平台的编辑和作家通过撰写简明扼要的图文内容，以通俗的语言和生动的配图，将经典作品中的核心内容提炼出来，帮助读者快速理解作品的主旨。图文内容的传播方式打破了传统阅读的文字限制，使经典作品因其图文并茂的表现更加吸引人。读者在短时间内便可获取经典的主要内容，这种方式提高了经典阅读的可读性和趣味性。

音频平台的普及也为汉语言文学经典的推广带来了新的可能性。许多平台推出了经典作品的有声书和朗读节目，读者可以随时随地收听经典作品的内容。这种音频形式打破了传统阅读的时间限制和空间限制，使经典作品在"碎片化"的时间中也能被读者接受。音频的传播方式使经典作品的内容更具亲和力，读者在听觉的体验中能够感受经典的独特韵味。

此外，社交平台通过互动和分享功能，使汉语言文学经典阅读逐渐形成了群体化的交流氛围。许多读者在社交平台上分享自己的经典阅读心得，发表对作品的独特见解，这种分享激发了更多人对经典的兴趣。社交平台上的阅读分享使经典作品的讨论不再局限于专业领域，普通读者的参与使经典的影响力得到了扩展。社交平台为经典的传播提供了广阔的交流空间，使经典在更多人中产生共鸣。

在新媒体平台的支持下，汉语言文学经典的电子书形式也得到了广泛推广。电子书的便捷性和易获取性使经典作品能够在网络上以更低的成本传播开来，读者无须购买实体书即可随时下载阅读。这种形式大大降低了经典阅读的门槛，使读者能够方便地接触大量经典作品。电子书的普及使经典阅读更加普及，推动了经典作品在现代读者中的传播和普及。

新媒体平台还通过游戏化的手段增强了汉语言文学经典推广的趣味性。许多平台将经典作品的内容融入游戏情节和角色中，使读者在娱乐中接触经典作品。通过这种方式，经典作品的内容被更为生动地展现，读者在游戏中潜移默化地获得了经典作品的相关知识。这种游戏化的推广方式特别受到年轻人的喜爱，使经典作品不再仅限于书本，而是成为互动性强、吸引力大的文化资源。

在文化节日和纪念日等重要时间节点，新媒体平台也常常组织汉语言文学经典的主题活动，通过各种方式吸引读者的参与。平台会在活动中推送经典作品的背景介绍、名句分享，甚至组织相关的线上讨论会，让读者通过节日氛围感受经典的魅力。这些主题活动不仅增加了经典作品的曝光率，还增强了读者的文化认同感，使经典在特定的时间节点上获得了更强的传播效果。

同时，知识型短视频的普及为汉语言文学经典的深度解读提供了新的平台。许多学者和知识传播者通过短视频平台，将经典作品的背景、人物和主题进行深入解读，以通俗的方式讲述经典作品的深层含义。这种知识型短视频帮助读者加深了对经典作品的理解，弥补了快速浏览中易忽视的内容。这种深度解读在知识传播的同时，也让经典作品的思想性和文化价值得到了更广泛的认可。

新媒体平台的普及还使汉语言文学经典阅读获得更为广泛的在线学习资源。许多教育机构通过新媒体平台推出了经典阅读课程，学生可以在线参与经典作品的学习，接受系统化的指导。在线课程使经典教育突破了传统课堂的限制，为读者提供了更灵活的学习方式，也提升了读者对汉语言文学经典的认知水平。

第四章　汉语言文学经典的阅读方法与策略

第一节　细读与批判性阅读的应用

一、细读方法在汉语言文学经典文本分析中的作用

许多汉语言文学经典的词汇选择充满深意，读者通过细读可以捕捉作者的语言特色以及用词背后的隐含意义。比如，细读时可以分析文本中反复出现的关键词和意象，观察它们在作品中的象征和功能。细读不仅能够揭示作者的写作意图，还能够帮助读者理解作品中的情感线索和思想脉络，使读者在文本的细节中体验文学的精妙。经典作品往往蕴含着丰富的情感层次，细读可以帮助读者在语句的韵律和结构中感受作品的情感流动。通过对词句的细致把握，使读者能够体会作者在作品中注入的情感倾向和态度。例如，诗歌中的用韵和节奏变化会影响情感的表达，细读能够让读者在文本的音律变化中感受情感的跌宕起伏，情感分析不再只是表面化的描述，而是深层的感受。

细读能够帮助读者在这些象征背后发现文本的深层意义以及思想内涵。在细读中，读者可以通过对意象的对比和观察，探索作品中隐含的主题。例如，作品中反复出现的特定意象可能象征某种情感或社会观念，读者可以通过剖析这些细节揭示作品的主题，从而使文本的象征性得到更深入的理解。在人物分析方面，汉语言文学经典中人物形象的塑造往往通过细节描写来完成，细读能够帮助读者在人物的语言、行为和心理描写中发现人物的内在特质。读者可以

通过对人物对话和行为细节的逐一分析，揭示人物性格的多样性和复杂性。细读让人物分析更加生动，使读者在文本的细微之处体会人物的心理变化和情感发展，为作品的理解提供深层次的依据。

许多汉语言文学经典通过矛盾冲突反映社会问题或表达思想情感，细读可以帮助读者在文本的细节中发现这些冲突的表现方式。在细读中，读者可以通过对话、情节和场景的分析，理解人物间的冲突是如何产生和发展的。在主题分析中，细读方法的作用尤为突出。经典作品的主题往往隐藏在文本的细节之中，细读能够帮助读者在作品的字里行间发掘出作者的思想意图。细读时，通过对词句、段落的细致分析，读者可以发现作者在表达主题时所用的象征和暗示，这些隐藏在文字背后的意图使作品的主题更为丰富和深刻。细读让主题分析变得更加准确，使读者能够从多角度理解作品的思想内涵。

在细读的过程中，文本的语气也是需要关注的重要方面。汉语言文学经典的语气和风格往往表现出作者的独特个性和思想倾向，细读可以通过语气的分析揭示出作品的情感基调。通过对比不同场景中的语气变化，读者能够理解作品的情感走向以及作者的情感态度。语气分析不仅增加了读者对作品的情感体验，也使文本的风格特征更加鲜明，使作品的审美价值得到了更深入的理解。

在文化背景分析中，细读方法可以帮助读者更加准确地理解汉语言文学经典中的文化内涵。经典作品往往反映出特定的社会背景和文化观念，读者可以通过对作品中细节的分析，发现其中的文化象征和社会意义。读者通过对时代特征、社会习俗的细致解读，可以理解作品的文化背景，体会作品的时代气息和历史内涵。

二、批判性阅读对汉语言文学经典的多维度审视

批判性阅读对汉语言文学经典的多维度审视体现在对作品意识形态的探索上。许多经典作品在创作之时带有特定的社会观念和文化背景，批判性阅读能够帮助读者发现作品中隐含的意识形态成分。通过批判性阅读，读者可以探究

文本在表现道德观、权力关系和社会规范时的态度，从而揭示出经典作品在意识形态方面的倾向。

汉语言文学经典常常反映出特定时代的文化冲突，这些冲突在批判性阅读中可以得到更为全面的理解。通过质疑和分析，批判性阅读可以让读者看到作品中不同文化观念和价值系统的对立，从而帮助读者更好地理解作品的历史情境。例如，在《水浒传》中，批判性阅读可以揭示梁山好汉与朝廷之间的权力博弈，进而探讨忠义与反抗之间的矛盾，这种多维度的分析使作品中的文化冲突更为清晰。

在人物形象分析中，汉语言文学经典中的人物塑造往往复杂多样，批判性阅读可以通过细致剖析人物行为和心理，揭示人物性格中的矛盾和冲突。通过对人物言行的多角度审视，读者能够理解人物的多面性，使人物分析不再停留于简单的善恶分类。

批判性阅读在汉语言文学经典的情节结构分析中，能够帮助读者发现作者在情节安排上的用心和意图。经典作品的情节安排常常暗含着特定的叙述策略和价值判断，批判性阅读能够揭示这些策略背后的意图。通过对情节发展的多维度解读，读者可以看到作品在推进情节的过程中如何表达主题和传递信息。

在汉语言文学经典的社会问题分析中，批判性阅读同样发挥着作用。许多经典作品描写了社会问题和人类困境，通过批判性阅读，读者可以从社会学的角度探讨作品中呈现的社会现象和问题根源。批判性阅读不仅停留在表面情节的分析上，还通过深入探究作品中的社会背景和作者的态度，使其社会批判功能得到充分体现。

批判性阅读在汉语言文学经典的伦理观念分析中占有重要地位。经典作品往往涉及道德和伦理问题，读者可以通过对作品中伦理观念的反思，揭示其道德内涵和道德观的局限性。读者在批判性阅读中可以质疑作品中的道德判断，探讨其伦理观念，从而达到对作品更为深入的理解。

在汉语言文学经典的思想体系分析中，批判性阅读有助于揭示作品中思想体系的内在矛盾。经典作品中的思想往往呈现出多样性和复杂性，批判性阅读可以通过分析这些思想的矛盾之处，揭示作品的思想深度。通过对文本思想的反思，读者能够发现作品中不同思想观念之间的对立，理解作者在不同思想体系之间的选择和妥协。

汉语言文学经典的结构设计通常具有深意，读者可以通过解构作品，探讨其结构背后的意义。读者通过对作品的批判性阅读，能够理解作者如何通过结构安排来传达思想。

批判性阅读在汉语言文学经典的语言风格分析中也发挥了不可忽视的作用。经典作品的语言风格往往带有特定的时代特征和文化印记，批判性阅读可以帮助读者通过语言分析理解作品的风格特征。读者通过对文本语言的批判性解读，可以发现作者在语言选择上的倾向性，从而对作品的风格有更为深刻的认识。

在汉语言文学经典的价值观分析中，批判性阅读能够揭示作品中价值观的多面性和复杂性。经典作品中的价值观往往随着情节发展而呈现出变化，批判性阅读可以帮助读者在作品中发现价值观的转变和冲突。通过对价值观的多角度解读，读者可以理解作品在表达价值观时的矛盾性和灵活性。

第二节　文本分析与主题解读的多元路径

一、人物性格分析与文本意涵的解构

汉语言文学经典中的人物性格往往充满复杂性和矛盾性，这些特质不仅丰富了作品的情节，也为主题的表达提供了多样化的角度。人物的性格不仅是个体的表现，更是作者在作品中传达思想的重要载体。许多经典作品通过人物的语言和行为细节描写，使人物性格逐渐丰满立体。通过对人物语言的分析，读者可以发现其思想和情感的流露，而行为表现则更加直接地体现了人物的性格特征。

此外，人物性格的塑造还体现在作者对心理活动的刻画上。在汉语言文学经典中，人物内心世界的描写是解构其性格特征的关键。通过人物的心理描写，作者不仅展现了人物的情感波动和思想变化，还通过这些内心的表达揭示了人物内在的冲突。

人物与环境的关系对性格塑造也具有深远影响。在汉语言文学经典中，人物的成长环境和社会背景往往对其性格形成起到了决定性作用。通过分析人物所处的环境，读者可以更清楚地理解其性格特质。许多作品通过描绘人物与环境的冲突或融合，揭示人物的成长过程和心理变化。

在人物性格分析中，对比手法的使用丰富了性格的多面性。许多汉语言文学经典通过对比的方式将人物之间的性格差异和相似点呈现出来，使读者更为清晰地看到人物的独特之处。对比的运用不仅让人物的性格更具鲜明性，还揭示出他们在特定情境中的反应方式。

人物性格的多维度塑造还体现在人物关系中。人物关系的交织与互动是理解性格的重要途径，通过分析人物间的互动，读者可以发现人物性格在不同情境中的表现。许多汉语言文学经典通过复杂的人物关系结构，使人物性格得以在互动中呈现。

人物性格的矛盾性为文本意涵的解构提供了独特的视角。许多汉语言文学经典中的人物并非单一性格，而是充满矛盾的复杂个体，这种矛盾性使人物在情节发展中展现出多重性格特征。通过对人物矛盾性的分析，读者可以揭示出作者对人性的思考与理解。

在文本的主题解读中，人物性格的演变轨迹揭示了人物成长和内心转变的过程。人物性格并非一成不变，汉语言文学经典中的人物往往在情节的发展中经历性格的变化，这种变化反映了作者对生命和人性的思考。通过对人物性格演变的分析，读者可以理解人物在面临挑战时如何应对，进而揭示出作品的思想内涵。

在分析人物性格的过程中，文本中的隐喻和象征为性格解构提供了线索。许多汉语言文学经典通过特定的意象和符号暗示人物的性格特征，使性格分析不再局限于表面。

汉语言文学经典中的人物往往具有代表性，他们的性格特征和行为方式反映了特定历史时期的社会价值观和文化观念。人物性格分析可以揭示作品对时代的批判或认同，从而为主题解读提供多角度的视野。

在人物性格的解构中，不同的写作手法使人物性格表现得更为生动，细腻的描写、对比、象征等手法让人物的性格更加立体和丰富。通过分析作者的写作技巧，读者可以理解人物性格塑造的独特性。同时，汉语言文学经典中的人物在面对选择时往往表现出复杂的道德观念，人物性格分析能够揭示这些道德选择背后的伦理观。

二、经典主题在不同历史语境下的诠释

在古代封建社会，经典主题多被解读为对道德、忠义、伦理的礼赞与宣扬。例如，《三国演义》中的人物关系往往与封建社会提倡的君臣关系、家国大义紧密相关。古代的读者在阅读经典时，往往带着对忠诚、义气的崇尚，通过人物行为和情节发展来领悟这些道德观念。反映了当时社会对忠义的重视，汉语言文学经典在古代社会中发挥了道德教育的作用。

随着时代发展，在近现代的视角下，许多汉语言文学经典的主题被重新理解，读者开始从个人情感、自由意志等角度去审视作品。例如，《红楼梦》在近现代的解读中不再仅限于对家族兴衰的描绘，而被赋予了反封建、追求个体自由的象征意义。林黛玉与贾宝玉之间的情感关系也被看作是对个人自由和爱情的追求。近现代的解读赋予经典作品更多人性的关注，使作品的主题更加贴近现代读者的情感需求。

在当代社会背景下，社会的价值观念更加多样化，汉语言文学经典的主题

在这种多元文化的影响下，得到了前所未有的拓展。例如，现今社会对于《西游记》主题的解读，结合了社会心理学、个人成长等角度，认为作品中的取经过程象征着个体的自我探索与成长。经典主题在当代的解读中显现出多层次性和丰富性，为读者提供了更为广阔的诠释空间，使作品能够在当代语境下继续发挥其思想影响力。

与此同时，汉语言文学经典的多维度解读也受到哲学思想的影响。不同的哲学思潮为经典作品的主题解读提供了新的视角和理论支持。随着哲学思潮的变迁，经典作品中的人物和情节被赋予了不同的哲学意义。古代读者从道家思想的自然无为角度解读《庄子》；而在后世的哲学语境中，这部作品被赋予了超越个人与社会的思考，从而使其主题在不同时代都能够引发哲学讨论。

在文学批评发展的历程中，经典主题的解读也随着批评理论的进步而不断变化。批评理论为汉语言文学经典的主题提供了系统化的分析框架，使主题的解读更加深入。例如，随着精神分析理论的出现，《红楼梦》中的情感关系被重新审视，林黛玉与贾宝玉之间的情感被赋予了更为复杂的心理解读。这种基于批评理论的解读拓展了经典主题的多维性，使经典作品能够在理论框架中获得新的诠释，使文本意涵得到了丰富。

汉语言文学经典的主题解读还会随着社会心理的变化而发生转变。随着现代社会心理学的普及，经典作品中的人物形象和情节发展被赋予了心理学的含义，读者对作品的理解逐渐从人性分析的角度展开。例如，《三国演义》中人物的智谋和忠义被视为不同心理动机的表现，作品中的人物关系在现代社会心理学视角下被看作是人性复杂性的象征。心理学对经典主题的影响不仅揭示了人物行为的心理动机，还拓展了作品的思想层次，使主题解读更为全面。

当代的全球化背景也为经典主题在不同文化下的诠释带来了新的视角。汉语言文学经典的跨文化传播使其主题在不同国家和地区的读者中产生了多样化的理解。例如，许多外国读者在阅读《红楼梦》时，会从不同文化的视角关注人物的命运、爱情与悲剧性。这种跨文化的主题解读丰富了汉语言文学经典的文化内涵，使其不仅在本土文化中发挥作用，也成了全球读者的共同文化资源。

第三节　汉语言文学经典的跨学科解读

一、跨学科解读

在汉语言文学经典的解读中，历史视角为作品的主题分析提供了关键的背景支持。历史学帮助读者理解经典作品中的历史情境，使作品中的事件和人物不再是孤立的存在，而是被置于特定的历史进程中。通过结合历史视角，读者能够深入理解作品中的事件和冲突如何反映出特定历史时期的社会动荡和文化变迁。

此外，历史视角还能帮助读者揭示经典作品中人物的行为动机和社会观念。许多汉语言文学经典中的人物行为受到历史环境的制约，结合历史背景理解能使读者更清晰地认识这些行为背后的原因。通过结合历史视角，读者可以从作品中看到不同历史时期的社会价值观和道德规范。

哲学视角在汉语言文学经典的解读中揭示了作品的思想深度。经典作品往往蕴含着作者对人生命题的思考，哲学视角帮助读者在文本中找到这些深层的哲学探讨。通过哲学视角，读者可以从存在、伦理等方面理解人物的行为和作品的主题。哲学视角的引入使文本的解读不仅局限于情节和人物，还深化了读者对人生本质和道德观的思考。

哲学视角在揭示作品中的伦理观念和道德争议方面尤为重要。许多经典文学作品包含了丰富的伦理问题，哲学视角使读者可以从道德伦理的角度去分析人物的选择和冲突。哲学视角的引入使作品的伦理主题更加鲜明，为主题分析提供了深度和广度。

在跨学科解读中，文学视角为历史视角和哲学视角提供了情感和表达的基础。文学视角在作品的语言、情感、人物描写中揭示出作品的艺术价值，并为历史视角和哲学视角提供了具体的呈现方式。通过文学视角，读者能够感受作品中的语言之美和情感之深，文学视角为历史和哲学的解读增添了审美层次，使文本的思想性和艺术性相互交融。文学视角通过情感和语言的表达让历史与哲学的解读更具感染力。

跨学科解读还拓展了对文本象征和隐喻的理解。汉语言文学经典中的象征和隐喻常常具有多层含义，通过跨学科的交叉分析，读者可以发现这些象征背后的深层意涵。结合历史视角，读者可以看到人物形象在当时社会背景中的意义。跨学科解读赋予了作品多层次的解读空间。

在人物性格的分析中，跨学科解读为人物性格分析提供了多维度的支持。人物性格不仅受到历史环境的影响，还受到作者思想观念的深刻影响。通过哲学的探讨和历史的分析，读者可以更为全面地理解人物的性格发展，人物性格的分析不再局限于单一维度，而是融入多方面的探讨。

在文本的情节分析中，跨学科解读揭示出情节背后隐藏的文化逻辑。汉语言文学经典的情节发展往往蕴含了特定的文化观念，跨学科解读能够揭示出情节安排中的思想逻辑。通过历史背景的分析和哲学思想的探讨，读者可以看到情节安排的深层意图，情节分析也不再停留于表层，而是深入作品的思想结构之中，揭示情节与文化观念的内在联系。

在汉语言文学经典的主题分析中，跨学科解读为主题提供了多层次的理解框架。经典作品的主题往往具有普遍的社会价值，跨学科解读能够从多方面揭示主题的丰富性，让主题分析不再是单一的价值判断，而是多维度的探讨，为主题的解读提供丰富的文化内涵。

二、社会学视角下的汉语言文学经典解析

汉语言文学经典常常包含深刻的社会分层和阶级关系，通过社会学的视角，

读者可以分析作品中的社会阶级结构。社会阶层的冲突在经典作品中多有表现，作家通过人物的阶层差异揭示社会中的不平等现象。

在社会学的框架下，汉语言文学经典的解析还涉及对家庭关系的探讨。许多经典作品中的家庭结构不仅是一个情感纽带，同时也是社会结构的缩影。通过对家庭关系的分析，读者能够发现家庭成员间的权力关系和伦理规范。

社会学视角还能帮助读者理解汉语言文学经典中的社会规范和价值观念。经典作品中往往蕴含了特定时代的道德观念和行为准则，社会学解读让读者更清楚地看到这些价值观的社会基础。通过社会学的分析，读者能够看到这些规范在封建社会中如何影响人物的行为和命运。

在社会学框架中，汉语言文学经典中的群体归属感和身份认同问题也值得深入探讨。许多作品中的人物在不同的群体和身份之间挣扎，反映出个人与集体的矛盾。社会学视角可以帮助读者理解人物的身份冲突和群体归属的复杂性。社会学解读让读者理解人物身份认同中的矛盾。身份认同问题的解析让作品中的个体选择具有更深的社会意义，使汉语言文学经典的主题更加贴近读者的现实体验。

第四节 阅读与解读中的审美体验与情感共鸣

一、情感共鸣在汉语言文学经典阅读中的生成机制

汉语言文学经典中人物的情感变化、行为选择以及情境中的表现常常使读者产生共鸣，因为读者在人物的经历中看到了自身情感的反映。许多经典作品中的人物情感经历具有普遍性，使读者在阅读过程中能够与人物产生心理上的连接，引起了读者的情感共鸣。

此外，情境作为情感的载体，通过特定的环境描写和细节刻画，将人物的

情感放置在具体的背景中，使读者更易于理解和体会，能够在阅读过程中自然地受到感染。情境的细致描写不仅增添了作品的真实感，也为情感共鸣的生成创造了条件。

汉语言文学经典的语言往往细腻生动，能够不露声色地表达情感的层次变化。语言作为情感的传递媒介，通过隐晦的词句、音韵的运用和节奏的把握，将情感潜移默化地传递给读者。语言的美感和情感的相互交融，使读者在审美体验中更容易产生情感共鸣。

情感共鸣的生成还受到文化背景的影响。汉语言文学经典中的情感通常与特定的文化符号和传统观念紧密相连，读者在解读作品时，通过这些文化背景找到了情感的共鸣点。文化背景的共通性增强了读者的情感共鸣，使作品中的情感表现与读者的内心体验更加贴近。

在汉语言文学经典阅读中，作品的情节设计往往使情感的铺展和激发更具层次感，读者随着情节的推进逐步加深对人物情感的理解。情节发展中的冲突、转折和高潮是激发情感共鸣的关键点，读者能够在情节起伏中感受人物的挣扎和情感波动。

叙事视角的运用也是影响情感共鸣的因素。汉语言文学经典通过多样的叙事视角，构建了丰富的情感体验空间，使读者能够在不同视角下体会作品的情感深度。叙事视角的转换使读者既能站在人物的立场去理解其情感，也能在全知视角中看到人物命运的不可控性。恰当的叙事方式能够丰富情感共鸣的生成路径，使读者在多层次的情感体验中获得深刻的共鸣。

细节描写为情感共鸣的生成提供了情感支撑。汉语言文学经典中的细节描写通过对人物情感的细微刻画，传达出情感的复杂性和真实性，使读者在细微之处感受情感的深度。细节描写能够增强作品的真实感，使情感共鸣更为深刻，使读者的情感体验更加充实。

象征手法在情感共鸣的生成中起到增色作用。象征作为情感的隐喻表达，通过特定的意象让情感更加深沉且富有表现力。象征手法的运用不仅赋予情感更为丰富的意蕴，也使读者在意象中找到情感的寄托。象征手法的运用让读者在不直白的情感表达中产生共鸣，情感体验更具层次。

心理描写对于情感共鸣生成的作用同样不可忽视。汉语言文学经典通过细腻的心理描写，让读者能够深入体会人物的内心情感变化。心理描写不仅展现了人物的内心冲突，还使情感表现更为生动真实。心理描写能够丰富情感共鸣的生成，使读者在深入理解人物内心的过程中产生共鸣。

二、审美体验在不同阅读层次中的体现

审美体验在汉语言文学经典的不同阅读层次中展现出丰富的层次感，随着读者对文本理解的深入，审美体验也逐渐丰富。经典作品的多层次阅读为读者提供了多角度的审美体验，从表层的文字欣赏到深层的思想感悟，审美体验在每一层次中都得到了不同的体现。

汉语言文学经典的表层阅读主要体现在对文字和语言的欣赏上。汉语言文学经典的语言精练、结构严谨，表层阅读使读者体验了文字美。文字作为审美的载体，通过字词的音韵和句式的运用营造出一种优美的阅读体验。例如，诗词作品中精练的语言和对仗的句式让读者感受到文字的节奏美，短小精悍的形式使语言本身成为一种艺术。表层的文字美使作品具有直观的吸引力，使读者在最初的阅读中便能体会文字的魅力。

情境描写带来的画面感也是审美体验的重要组成部分。汉语言文学经典通过细腻的情境描写，为读者呈现出生动的画面，使读者在脑海中形成清晰的图景。情境描写不仅增强了作品的视觉效果，还使读者在阅读时仿佛置身于作品的情境之中。情境的视觉效果能够丰富表层的审美体验，使作品的画面感更为生动。

在进一步的文本解读中，人物形象的塑造为审美体验增添了情感色彩。人物形象是汉语言文学经典的灵魂，通过人物的性格、情感和行为，读者在人物身上感受到多样的情感体验。人物形象不仅仅是情节的推动者，也是读者情感

共鸣的来源。人物形象的塑造通过情感的共鸣，使作品的审美体验更为深刻和动人。

情节结构的紧凑和合理安排也是审美体验中的重要因素。汉语言文学经典的情节安排通常富有逻辑性，结构的严密性让读者在阅读过程中感受作品的整体美。结构美不仅增强了阅读的愉悦性，还使作品的情节发展富有层次感。结构的安排使读者在解读情节的过程中体验到一种有序的美，进一步提升了审美体验的层次。

作品的主题挖掘为审美体验的深层次解读提供了思想价值。汉语言文学经典的主题往往反映了人类共通的情感和社会问题，读者在理解主题的过程中获得了一种思想上的审美感受。主题的深刻性和普遍性使读者在解读过程中产生了对生活和人性的思考。主题的挖掘让审美体验具有了更深的思想意义，使经典作品的美学价值更加深远。

同时，语言的层次变化也在不同阅读层次中逐渐显现出其美学特质。汉语言文学经典中的语言不只是传达信息，更通过多层次的修辞和表达手法让语言本身成为审美对象。随着阅读的深入，读者能够逐渐体会到语言中的细微之美和情感表达。例如，诗人通过语言的音韵和节奏表达出自己对情感的细腻体悟，使其语言呈现一种独特的美感。语言的层次性使读者在不同的阅读阶段都能发现语言中的美学特质。

在不同层次的阅读中，意境的营造为审美体验提供了深远的感受空间。汉语言文学经典中的意境往往通过场景、情感、象征等元素，构建出一种超越现实的艺术境界。读者在理解意境的过程中，仿佛进入了作品所描绘的独特世界。意境的营造丰富了审美体验的层次，使作品的情感表达更加深刻。

第五章　汉语言文学经典的传播途径与影响

第一节　传统媒介中的汉语言文学经典传播

一、在书籍、报刊等文字媒介中的传播

书籍的装帧、印刷等工艺的不断提升，使汉语言文学经典能够以更加完整、精致的形式传递给读者。书籍的形式不仅承载了作品的文字内容，还赋予了经典作品一种庄重的美感，这种文化价值让经典作品的传播更具权威性。通过书籍的形式，经典作品被世代珍藏、反复阅读，从而在读者心中建立起深厚的文化印象。

随着印刷术的进步，书籍的制作成本降低，汉语言文学经典的阅读门槛也随之降低，使更多人能够接触汉语言文学经典的精华内容。书籍的普及使经典作品不再局限于精英阶层，而是逐渐走向民间，成为普通人生活中的精神食粮。经典作品通过书籍进入寻常百姓家，在日常生活中逐渐形成了深远的文化影响，使经典的思想内涵和文化价值在广泛的阅读人群中得以传承。

报刊的时效性和传播速度，使汉语言文学经典的传播范围进一步扩大。报刊通过连载、节选等方式，使经典作品能够在更短时间内被更多人接触。这种传播方式不仅满足了大众的阅读需求，还增强了经典作品的社会影响力。例如，许多经典作品在报刊上连载时，引发了广泛的关注和讨论，激发了读者的阅读兴趣，形成了一股经典阅读的热潮。报刊的作用在于迅速而广泛地将经典传播

开来，使其在更广泛的社会群体中产生影响。

文字媒介在传播汉语言文学经典的过程中，通过评论和研究等形式进一步深化了经典的内涵。报刊和书籍上的评论和分析文章为读者提供了经典作品的多维度解读，引导读者在阅读过程中加深对作品的理解。评论家和学者的研究使经典作品的思想深度和艺术价值得到了更为深入的阐释，从而为经典的传播提供了更为科学的基础。文字媒介不仅仅是经典的传递者，还是经典思想的诠释者，赋予了经典作品更深的文化含义。

此外，书籍和报刊的持久性使汉语言文学经典能够跨越时间的限制，在不同时代中依然保持其独特的影响力。文字媒介的保存特点使经典作品不受时间的侵蚀，得以在长期的历史过程中被不断解读和发扬。文字媒介的这种稳定性让经典作品能够穿越时代，成为历久弥新的文化遗产。这种传播方式确保了经典在历代读者中的连贯性和传承性，使汉语言文学经典的思想精髓能够代代相传。

出版机构通过精心选择和编排，将汉语言文学经典以符合读者审美和阅读需求的方式呈现出来。这种精心策划不仅提升了经典作品的传播效果，也让读者更容易接受和理解其中的内容。出版机构在经典传播中的角色不仅是文字的传递者，也是文化的塑造者，确保了经典作品在传播过程中保持其艺术性和思想性。

文字媒介的传播还使汉语言文学经典的研究得以系统化。报刊和书籍上的研究文章和评论形成了对经典作品的多层次解读，促进了汉语言文学的学术发展。学者和评论家通过报刊发表对经典作品的研究成果，使经典的传播不再局限于阅读层面，而是上升到学术和文化的讨论层次。这种研究氛围不仅深化了读者对经典的理解，也增强了经典在学术界的地位，使其在文学研究中占据了重要位置。

书籍和报刊是教育资源的一部分，汉语言文学经典通过学校和学术机构得以系统化地传授给下一代。这种教育传播模式确保了汉语言文学经典在青少年中的传承，使年轻人能够在早期接触汉语言文学的精髓。文字媒介的教育功能让经典作品成为学生的必读书目，为下一代奠定了文化基础，使经典的文化价值在教育过程中得以延续。

此外，文字媒介的推广使汉语言文学经典在社会群体中的影响不断扩大。许多经典作品通过媒体宣传和读书活动进一步走向大众。社会各界通过文字媒介对经典作进行讨论和推广，使汉语言文学经典阅读成为一种文化现象。这种通过文字媒介形成的社会认同让汉语言文学经典的传播超越了个人阅读的层面，成为一种社会共识。

二、在戏曲、评书等口头语言媒介中的传播

作为一种传统的舞台艺术，戏曲将汉语言文学经典的故事情节、人物性格和思想主题通过唱腔、念白和表演呈现出来，使观众能够在戏剧的氛围中体验文学的美感。戏曲通过独特的艺术表现形式，把经典作品的文学价值转化为生动的舞台表演，让观众在视听享受中领略作品的精髓。例如，《牡丹亭》在戏曲舞台上生动地再现了爱情的坚贞和人性的美好，使观众在欣赏中感受汉语言文学经典的情感力量。

此外，戏曲作为一种跨时空的表演形式，使汉语言文学经典能够在不同历史时期和文化背景中不断流传。戏曲表演对经典作品的演绎具有较高的稳定性和继承性，使汉语言文学经典得以在代际传承中保持原貌，同时也能够通过适应不同时代的观众需求进行创新。戏曲表演者在演出中传承了经典作品的语言和表达方式，使观众在传统的舞台上感受古老文学的魅力。戏曲的这种继承与创新使经典作品在多样化的表演中焕发出新的生机。

评书艺人通过生动的语言和丰富的情感，把汉语言文学经典中的故事情节和人物关系栩栩如生地描绘出来。评书的叙述方式直接而生动，能够将听众带入故事情境，使听众仿佛身临其境。例如，讲述《三国演义》时，评书艺人通过声调和节奏的变化，把人物的性格特征表现得淋漓尽致，使经典作品在口耳

相传中充满了生命力。评书这种直接的讲述方式使经典作品能够更广泛地被理解和接受。

戏曲和评书不仅传递了汉语言文学经典的内容，还赋予了经典作品新的文化意义。表演者通过独特的口语表达，使经典作品的语言更加贴近生活，让观众和听众在轻松的氛围中领略深刻的文学内涵。表演者在表演过程中融入了个人的理解和情感，使每一场表演都是经典作品的重新诠释，赋予了经典作品独特的当代价值。

评书和戏曲的流传过程使汉语言文学经典超越了书面文字的限制，以口耳相传的方式深入社会的各个阶层。许多缺少阅读机会的人，正是通过评书和戏曲接触文学经典，从而在潜移默化中接受了经典作品中的思想观念。评书艺人和戏曲演员在演出中所表现出的精湛技艺和细腻情感，使听众和观众能够从中获得审美愉悦和情感共鸣。

在戏曲中，角色的服饰和动作不仅展现了人物的身份和性格，还让汉语言文学经典的内容在舞台上具象化，增强了观众的理解。例如，由《红楼梦》改编的戏曲通过丰富的服饰和表演，将贾府的繁华与衰败形象地表现出来，使观众在视觉上领略小说中的社会氛围。角色的舞台形象赋予了经典作品更强的感染力，使观众在视觉体验中更深入地理解文学的内容。

评书艺人通过精心设计的词句和富有节奏感的表达，将故事中的人物情感和情节发展传达得淋漓尽致。通过生动的口语表演，评书艺人能够在讲述中加入个人的感情和理解，使汉语言文学经典充满戏剧性和趣味性。评书中的语言技巧不仅增强了听众的注意力，还使经典作品的思想内涵通过语言的感染力更加深刻地植入听众的心中。

戏曲和评书的故事情节和人物形象不仅展现了社会生活的多样性，还使观众在欣赏中接受潜在的道德教育。许多汉语言文学经典通过戏曲和评书的形式表现出忠诚、勇敢、智慧等价值观念，让观众在情节发展中受到启发和教育。

表演者通过反复的表演和讲述，将汉语言文学经典的内容深深植入到社会群体的记忆中。观众和听众在接触中形成了对经典作品的共同记忆，这些经典作品成为特定文化的象征，并成为社会文化的一部分。这种集体记忆的建立赋予了经典作品更加稳固的社会影响力。

第二节　数字化时代的汉语言文学经典传播与转型

一、互联网平台在汉语言文学经典传播过程中的多元功能

互联网平台的数字化阅读功能使汉语言文学经典阅读更加便捷。数字图书馆和在线书店等平台提供了大量的经典作品电子版，用户可以随时随地通过电子设备阅读作品。电子阅读的优势在于便捷与高效，使读者在碎片化的时间中也能够获取汉语言文学经典的内容。这种新型阅读方式让经典作品的阅读不再局限于纸质书籍，读者可以在多种终端设备上随时展开阅读，从而增加了经典作品的可读性和传播力度。在此基础上，互联网平台的多媒体功能为汉语言文学经典的传播注入了新的活力。经典作品通过音频、视频等形式得以再现，进一步增强了传播效果。

音频平台通过朗读和有声书的形式将经典作品生动地呈现出来，使用户可以在视觉阅读之外，以听觉的方式感受作品的节奏和情感。例如，经典诗词的诵读在音频平台上广受欢迎，听众能够通过声音体会作品的抑扬顿挫。这种听觉的传播形式让经典作品在现代社会中获得了新的感知层次。

短视频平台在汉语言文学经典传播过程中的作用不可忽视。通过短视频的形式，经典作品中的情节和人物形象得以在几分钟内生动呈现。短视频以其直观性和即时性吸引了大量年轻用户，使经典作品能够在轻松的氛围中得到传播。许多短视频创作者将经典作品改编为简短的情景剧，通过现代语言和流行元素的加入，使经典更加贴近年轻观众。短视频平台的传播优势在于其简洁而生动的表达方式，满足了观众快速了解经典的需求。

社交媒体上的读书群组和讨论区为读者提供了分享和讨论汉语言文学经典的空间，使汉语言文学经典的阅读和解读不再是个人行为，而是一个集体参与的过程。读者在社交媒体上分享自己的读书心得，讨论作品中的情节和思想，通过交流加深了对经典的理解。社交平台的互动功能不仅增强了阅读体验，还让经典作品的解读更加多元化，形成了一个活跃的经典阅读社群。

许多在线知识平台汇集了学者和爱好者的解读和分析文章，为汉语言文学经典提供了多层次的解析。读者在平台上可以找到详尽的关于作品背景、人物分析和主题探讨方面的文章，从而更深入地理解经典作品的内涵。知识共享的模式使经典作品的解读不再仅限于学术研究，而是向更广泛的受众普及文学知识，大大丰富了汉语言文学经典传播的内涵。

此外，直播平台在汉语言文学经典传播中展现出即时互动的独特优势。许多经典作品的爱好者和研究者通过直播形式与观众进行实时交流，分享作品的阅读体验和理解心得。直播的互动性使观众能够在观看过程中提出问题，获得即时的解答，从而增加了对经典作品的兴趣。直播讲解经典作品不仅是单向的知识传递，更是一种互动性的体验，观众在交流中加深了对经典作品的理解。这种直播形式使汉语言文学经典的传播更加生动，让其思想价值在实时交流中得到传递。

在线论坛作为汉语言文学经典的交流平台，提供了经典作品讨论的长期空间。许多文学论坛设有专门的经典文学板块，供读者发表见解、讨论主题和分享阅读体验。在线论坛的开放性让读者能够在深度阅读后沉淀思考，形成自己的见解并与他人交流。这种交流方式，增强了经典阅读的理性探讨性，使经典作品的讨论不再局限于即时的反应，而是一个长期积累的过程。

二、数字化汉语言文学经典传播的受众反馈与互动

数字化传播让汉语言文学经典的受众反馈和互动发生了深刻的变化，通过多种渠道，读者能够在阅读和观赏经典作品的过程中即时表达自己的感受。数

字化平台上的互动功能将读者的反馈融入经典的传播过程，使作品的接受不再是被动的，而是变成一种主动参与的体验。读者通过评论、点赞、分享等形式表达对作品的理解与评价，经典作品在数字空间中逐渐形成了多元的读者反馈模式，这些互动不仅丰富了汉语言文学经典的传播过程，也提升了其在受众中的接受度。

读者评论是数字化平台中最为常见的反馈形式，能够直接反映读者的阅读体验和情感共鸣。在评论区，读者可以分享对作品的观点，表达情感上的感悟，甚至提出对作品的新解读。读者评论丰富了经典作品的解读层次，使作品不再是静止的文本，而是通过评论形成了动态的交流空间。读者可以就人物命运和情节发展进行深入探讨，使评论区成为读者交流思想的平台。读者评论不仅帮助其他用户理解作品，也让经典的解读更具多样性。

点赞功能在数字化平台的反馈中能够起到一种认可和共鸣的作用。读者通过点赞对评论和内容表示支持和认同，点赞数量的多少直接反映出读者对内容的喜爱程度，使作品的受欢迎程度更加直观地呈现在受众面前。点赞功能使受众之间形成了一种潜在的互动，读者在点赞的行为中表达了对经典作品的喜爱，使其在无形中获得了更多的关注和认可。

分享功能让汉语言文学经典的传播范围进一步扩大。通过分享，读者可以将自己喜爱的经典内容传递给他人，使经典作品不再局限于单一平台，而是跨越多个平台实现更大范围的传播。分享行为不仅是对经典的认同，也是对经典内容的二次推广，增加了经典作品在数字空间中的曝光率。例如，读者可以将经典诗词分享到社交平台，通过这样的方式吸引更多人关注汉语言文学经典。分享功能赋予了读者传播者的角色，使经典的传播更为活跃和广泛。

直播互动在数字化汉语言文学经典传播过程中展现出独特的即时性，直播中的评论和提问让观众能够实时参与汉语言文学经典解读的过程。直播平台的互动形式使读者成为讨论的参与者，他们可以在直播过程中表达观点、提出疑问，并获得即时的回应。这种互动增加了经典传播的体验感，让观众在观看过程中与主播建立一种即时的联系。直播互动让经典作品的传播不再是单向的知识传递，而是双向的情感和思想交流，观众在这种互动中获得了更为深刻的体验。

读书打卡的功能在数字化汉语言文学经典传播过程中也扮演了重要角色。许多读书平台通过打卡功能激励读者坚持阅读经典作品，记录自己的阅读进度和心得。读者在打卡过程中与他人分享阅读体验，感受共同阅读的力量。这种打卡形式不仅是一种自我激励，也增加了读者间的互动。读书打卡使经典作品的阅读过程更加具有仪式感和参与感，推动了经典阅读的持续性。

问答社区为汉语言文学经典的讨论提供了丰富的互动空间，读者可以在问答中提出对经典作品的疑问，其他用户通过回答帮助其解决困惑。问答互动将读者的疑问与集体智慧结合在一起，使经典作品的理解不再仅限于个人经验，而是集思广益的过程。问答社区的互动方式加深了读者对经典作品的理解和解读，让读者能够从多角度思考作品中的复杂性，使作品的思想内涵在集体讨论中得以发掘。

数字化平台中的排行榜功能也推动了汉语言文学经典的传播。经典作品在平台上的阅读量和讨论量决定了其排名，排行榜使受众能够一目了然地看到受欢迎的经典作品的内容。排名高的经典作品受到更多读者的关注，增加了其被阅读和讨论的机会。排行榜不仅为读者选择经典作品提供参考，也使经典作品的传播得到更为系统的推广。

第三节　教育体系中的汉语言文学经典阅读与推广

一、课堂教学标准化对汉语言文学经典传播的影响

课堂教学标准化使汉语言文学经典的学习内容具有了稳定性和连续性。在教学过程中，经典作品被划分为不同的学习模块，教师根据教学大纲和课程进

度有序讲解，让学生逐步掌握作品的核心内容。这样的课程设计确保学生在不同年级能够接受循序渐进的经典教育，经典作品的知识点在教学安排中逐渐被填充。不仅保证了经典作品内容的系统性，还让学生能够在连续的学习中深入理解经典作品的内涵。

通过统一的教材，课堂教学实现了汉语言文学经典传播的规范化。教材作为课堂教学的基础，将经典作品的核心内容和解读框架传递给学生。教材编撰者通过精心选择的篇目和解读，形成了相对一致的经典认知体系。经典作品被分解成易于理解的篇章，使学生在课堂上逐步接触作品的精髓。教材的规范性不仅便于教师有序地展开教学，也使学生能够在系统的阅读中获取汉语言文学经典的思想。

教师在讲授汉语言文学经典时，遵循教学方法的规范，通过讲解、提问、讨论等形式引导学生理解作品的思想内涵。教师的引导和学生的互动让经典作品的学习更具层次感，使学生能够在教学活动中逐步深化对经典的认识。例如，教师通过提问引导学生思考作品的主题和人物形象，帮助学生在课堂讨论中形成个人理解。课堂教学标准化使学生在互动中获取思想启迪。

通过考试、作业等形式，学生对汉语言文学经典的理解在标准化的评价中得到检验，学生在复习和考核过程中进一步加深了对经典作品的记忆。考试的标准化题目使学生能够在解答过程中再度回顾经典作品的核心内容，这一过程不仅是知识的巩固，更是对汉语言文学经典理解的深化。评价体系的存在使学生在课堂教学之外，也会自主加强对经典作品内容的学习，从而推动了汉语言文学经典在学生群体中的持续传播。

课堂教学标准化通过讲解框架统一了汉语言文学经典的解读角度。教师根据教学目标，为经典作品的解读提供了结构化的分析框架，让学生能够在教师的指导下逐步理解作品的核心思想和艺术特质。教师的结构化解读帮助学生从情节、人物、主题等多个维度全面认识经典作品，使学生在课堂教学中获得了较为完整的理解。解读框架的规范化使经典作品在课堂教学中得到了统一的分析视角，让学生在标准化的理解中掌握汉语言文学经典的核心思想。

教师的角色对于课堂教学标准化的作用不可忽视。教师作为汉语言文学经典的传播者，通过规范化的教学手段将经典作品的精髓传递给学生。教师的教学经验和对经典的独特理解也为学生提供了个性化的视角，使学生在统一的课程框架中还能获得多样的理解。教师的教学艺术使课堂教学更具吸引力和感染力，在标准化的教学目标下实现对经典作品的丰富呈现。

二、课外活动中汉语言文学经典阅读的多样化探索

与课堂教学标准化不同，课外活动的灵活性和趣味性使学生能够在轻松的氛围中自发地参与汉语言文学经典阅读。通过课外活动，学生能够结合自身兴趣，更深入地理解作品的情感和思想。经典阅读活动在课外环境中的多样化展开，激发了学生的求知欲，让经典作品的传播更加自然生动。

阅读社团是课外汉语言文学经典阅读的常见形式之一，通过定期的读书交流活动，学生能够分享阅读心得，彼此激发对经典的理解。在阅读社团中，学生根据自己的喜好选择经典作品，社团活动的自主性使学生能够自由表达个人观点。社团成员的相互讨论让学生在交流中得到启发，不同的阅读视角丰富了他们对作品的理解。阅读社团的设立不仅增加了学生的阅读兴趣，还培养了学生的批判性思维，使经典阅读变得更为深刻和多样。

读书会活动为汉语言文学经典阅读提供了更加开放的讨论空间。读书会不同于课堂教学的单向传授，它强调的是互动和共鸣。通过读书会，学生能够在轻松的环境中表达自己的阅读感受，与他人分享对经典作品的独特理解。许多读书会还邀请教师或专家参与指导，学生能够从不同层次获得对作品的深入认识。读书会的自由性让学生能够从不同角度解读经典，在互动中深化对文学作品的情感共鸣。

经典朗诵比赛为学生提供了感受汉语言文学经典语言之美的机会。在朗诵比赛中，学生通过声音和情感表达作品的内涵，朗诵活动让学生更真切地体验

经典作品的文学韵味。朗诵比赛不仅是对语言艺术的展现，也培养了学生的审美能力和表达技巧。学生在朗诵中通过抑扬顿挫的语调和丰富的情感，让经典作品的文字更具生命力。朗诵比赛的形式使汉语言文学经典阅读充满了艺术性，为学生理解作品增添了情感维度。

改编表演活动也为学生提供了将文字转化为舞台艺术的机会。许多学校通过戏剧表演的形式让学生将经典作品中的情节和人物搬上舞台，这一活动能够让学生深入理解作品的结构和人物关系。学生在表演中通过肢体语言和对话再现作品的情感，使汉语言文学经典阅读变得更为立体和生动。表演活动不仅增强了学生对经典作品的代入感，也使学生在创作中领会文学作品的表现力和感染力。

读书打卡活动是一种持续性的阅读激励方式。学生在打卡活动中记录自己的阅读进展和心得，逐步累积对经典作品的理解。这种持续性的记录增强了学生的责任感，让学生在长期的积累中深化对经典作品的感受。打卡活动的设立不仅为学生提供了一个自我监督的工具，也让学生在日积月累中获得成就感。打卡活动为经典阅读注入了规律性，使学生能够在坚持中逐步感受到阅读的收获。

阅读展览活动将学生的阅读成果以视觉的形式呈现。许多学校通过图文展示的方式，让学生将阅读笔记、人物分析、主题探讨等内容布置在展览墙上。展览活动不仅让学生展示了自己的阅读成果，也为其他学生提供了学习的资源。通过观摩他人的阅读展览，学生可以获得新的阅读启发，进一步激发了他们对汉语言文学经典的兴趣。阅读展览活动将汉语言文学经典阅读变得更加具体和可视化，让学生在欣赏中获得对作品的多重理解。

知识竞赛活动是学生课外阅读的一种有趣方式。知识竞赛通过设置汉语言文学经典的知识点和内容问题，考查学生对作品的掌握程度。学生在竞赛中通过快速回答问题展示自己对作品的理解和记忆。知识竞赛不仅让学生在竞争中复习了经典内容，也增强了学生的参与积极性。竞赛活动的趣味性和挑战性使

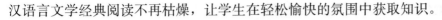

汉语言文学经典阅读不再枯燥，让学生在轻松愉快的氛围中获取知识。

读书笔记分享活动为学生提供了整理思维和表达感受的机会。许多学校鼓励学生在阅读经典作品后撰写读书笔记，并在班级中进行分享。读书笔记不仅是学生对作品的总结，也是他们独立思考的结果。分享活动让学生在表达中获得自信，同时也让其他同学从不同的笔记中获取新的视角。读书笔记分享活动让经典阅读过程更加具象化，为学生提供了互相学习和交流的机会。

第四节　汉语言文学经典在大众文化中的再现

一、影视媒介对汉语言文学经典的形象再创造

汉语言文学经典通过影像的形式展现，使观众不仅通过阅读文本，还可以通过视觉、听觉等多感官体验来理解作品中的情感和思想。影视改编通过镜头、配乐、演员表演等手段，将文字转化为具象的画面，让观众直观地感受汉语言文学经典中的人物性格和情节发展。

在影视改编中，影视作品通过演员的表演和角色的形象设计，将文字中的人物具象化，使观众能够在视觉上感受角色的存在。演员的表情、动作和言辞让观众更为直接地体验角色的性格和情感。角色塑造不仅让观众更好地理解人物性格，也使汉语言文学经典中的抽象人物形象得以具象呈现。

汉语言文学经典中的场景描写为影视改编提供了丰富的素材，导演和美术设计师通过对场景的布置，使观众在视觉上体验到作品的氛围。通过色彩、光影和构图等元素的运用，影视作品重现了文学作品中的场景氛围。场景设计在影视改编中不仅是视觉的呈现，更是作品情感和氛围的重要承载。

汉语言文学经典的篇幅往往较长，影视作品在改编时通常会对情节进行删减或调整，以适应影视的叙述节奏。情节的重新编排让作品更加紧凑、流畅，符合观众的观看习惯。情节改编既尊重了原著的核心内容，也为作品在影像化

过程中的传播提供了更为适宜的结构。

文学作品中的对白往往充满文辞之美，但影视作品为了追求通俗易懂的效果，通常会对对白进行简化和现代化处理。这样的改编使人物语言更加符合影视观众的接受习惯，让角色的性格特征更为鲜明。对白的再创造让经典人物的语言更贴近现代观众的情感表达习惯。

镜头语言的运用则为汉语言文学经典中的形象再现提供了全新的视觉体验。镜头的切换、远近景的运用和光影的变化赋予了经典作品更丰富的视觉层次，使观众在观看过程中更加投入。镜头语言使影视作品在视觉呈现上突破了文字的限制，赋予经典作品更为具象的表现形式。

音乐在影视作品中不仅是情感的渲染手段，也是故事情节发展的推动力。合适的配乐能够烘托人物情感，强化观众的情感体验。配乐的加入让汉语言文学经典中的形象再现更具感染力，使文学情感通过音符触动观众的心灵。

剪辑通过对画面的连接和节奏的控制，使汉语言文学经典中的故事流畅地呈现给观众。剪辑的节奏直接影响观众的情感体验和观影效果。剪辑手法使汉语言文学经典的叙述更具冲击力和节奏感，使观众在影像中体会汉语言文学经典的张力。

服饰造型的设计是汉语言文学经典影视再现中不可忽视的元素。影视作品中的服饰不仅体现了人物的身份和性格，还通过色彩和款式传达了作品的历史氛围。服饰设计让观众在视觉上直观地了解人物的身份背景，增加了对作品情境的代入感。服饰造型在影视改编中不仅是外在的装饰，更是汉语言文学经典文化内涵的再现。

灯光的运用在影视改编中赋予了经典作品新的视觉效果。灯光的明暗变化、色彩冷暖的搭配能够突出作品的情绪和主题，使经典作品中的形象在光影中更具层次感。灯光的设计不仅让场景更具真实感，还增加了作品的视觉美感，使观众在观看中获得更加立体的感受。

化妆艺术在影视作品中赋予了汉语言文学经典生动的形象。化妆师通过细腻的妆容设计突出角色的性格特征，使观众在第一眼便能对角色产生印象。化妆艺术通过细节的雕琢赋予经典角色鲜明的形象，让观众在视觉中产生对角色的深刻记忆。

特效技术的应用为汉语言文学经典改编带来了更具视觉冲击力的效果。通过电脑特效，经典作品中的神话色彩和幻想元素得以呈现，使观众在现实之外感受超自然的体验。特效不仅增强了影视作品的视觉效果，也让汉语言文学经典中的幻想元素在影像中具象化。

二、经典元素在流行文化中的符号化传播

经典元素在流行文化中的符号化传播，将汉语言文学经典中的人物、情节、意象转化为现代大众熟知的符号，使其在新的文化语境中焕发独特的吸引力。这些经典元素以符号化的形式融入影视、音乐、广告和时尚等领域，通过不断地传播和重构，逐渐成为文化认知中的标志性符号。

人物形象在流行文化的符号化过程中成为最具代表性的符号之一。许多汉语言文学经典的人物形象被简化为一种标志性符号，通过大众传媒不断重复和传播。人物形象的符号化不仅传递了汉语言文学经典的核心精神，也使其在不同的文化环境中得到认同。

经典意象的符号化传播丰富了流行文化的视觉符号系统。汉语言文学经典中的许多意象，在符号化过程中成为一种广为人知的文化符号。这个意象被运用于各种视觉艺术作品中，传达出一种悲剧性的美感。意象的符号化在流行文化中引发强烈的情感共鸣，使观众在不同场景中能够迅速捕捉到经典意象的含义。这种符号化的表达使经典作品中的意象能够跨越时代，成为新语境中的文化符号。

同时，汉语言文学经典故事情节的符号化为流行文化带来了新颖的创意来源。许多经典作品中的情节在符号化过程中被简化为一种特定的情节框架，成为流行文化中广泛应用的故事模型。情节的符号化使经典作品的内核能够适应

不同的文化需求，成为新作品的基础。经典情节作为一种文化符号，通过符号化的传播，在流行文化中有了持久的生命力。

在符号化传播中，汉语言文学经典的语言元素也成为流行文化的表达符号。经典作品中的诗词和名句因其精练的语言和深刻的内涵，成为现代文化语境中的独特符号。语言符号不仅使汉语言文学经典在现代文化中获得了新的表达空间，也让经典中的思想得以延续和传承。语言符号的使用使观众在简洁的表达中体会经典的深意，增强了其在流行文化中的感染力。

此外，经典形象在时尚和设计领域的符号化运用为其传播提供了新的视觉形式。汉语言文学经典中的人物和意象被应用到服饰、珠宝等设计中，赋予现代时尚以古典气息。符号化的设计让汉语言文学经典的文化价值在时尚中得到体现，使其在年轻人中形成新的文化潮流。时尚设计中符号化的经典元素不仅是一种装饰，更是文化身份的象征，增加了经典元素的现代认同感。

符号化的经典元素在广告领域中的应用使汉语言文学经典成为大众营销的一部分。广告商通过使用经典人物和情节作为符号，将产品与经典文化的内涵相联系，形成一种情感共鸣。经典元素的符号化传播使观众在接触广告的同时，也感受到汉语言文学经典的情感价值。广告中的经典符号不仅提升了产品的文化品位，也在无形中增加了汉语言文学经典的普及度和影响力。

在流行音乐中，汉语言文学经典的符号化元素被改编为歌词或音乐主题，成为音乐作品中的情感符号。经典作品中的情感主题通过流行音乐的形式被重新诠释，使经典文学在新的语境中获得了年轻人的共鸣。例如，许多流行歌曲以唐诗宋词为歌词内容，借用古典诗句来表达现代情感，使经典元素在流行音乐中获得了新的生命力。音乐中的符号化表达使汉语言文学经典的意境得到传递，让听众在音乐中感受到文学的美感。

第六章　汉语言文学经典的跨文化传播

第一节　汉语言文学经典的翻译与国际传播

一、翻译中的文化适应策略

汉语言文学经典蕴含了丰富的中华优秀传统文化的意象和思想内容，直接翻译有时难以传达作品的精髓，因此文化适应策略能够帮助译者在保持作品原貌的同时，使外国读者更容易理解其中的文化内涵。翻译中的文化适应策略让经典作品更好地被接受，使其思想和情感在跨文化传播中得以延续。

在翻译过程中，文化背景的解释是实现文化适应的重要手段。汉语言文学经典中常包含特定的历史、风俗和典故，译者通过注释和解释，使读者理解这些文化背景。文化背景的解释能够帮助读者接触作品的文化深度。这种策略让汉语言文学经典更具吸引力，增强了跨文化阅读的体验。

汉语言文学经典中常用大量的象征手法，承载了丰富的情感和意义。为了使外国读者能够感受到这些意象的美感和内涵，译者可以将原文的意象转换为在目标文化中有相似意义的符号。意象的文化转化既保留了作品的意境，也让读者更易于接受和共鸣。

在文化适应中，语言风格的调整也是文化适应策略的有效方法之一。汉语言文学经典的语言风格多样，有些作品注重文辞之美，而有些则讲求朴实自然。译者在翻译时需要对语言风格进行适当的调整，以便符合目标语言的表达习惯。

语言风格的调整不仅是对语言结构的改变，也是一种对文学风格的再创造，使作品的精神在新的语言环境中得到传达。

此外，译者在文化适应中常运用本土化的表达方式，使汉语言文学经典更加贴近读者的生活体验。汉语言文学经典中存在大量与日常生活相关的描写，如传统的食物、节庆和生活习俗。为了让读者更容易理解，译者可以选择用目标文化中类似的事物进行替换，或者适当进行注解。例如，描述元宵节时，译者可能会解释其类似于西方的某种节庆活动，使外国读者对节日的氛围和意义有更直观的理解。这样的本土化表达使作品的内容在跨文化阅读中更加生动。

在文化适应策略中，调整表达顺序也是一种有效的方法。汉语言文学经典中常见的表达方式与目标语言的语序和逻辑习惯有所不同，直接翻译可能会让读者难以理解作品的结构和意图。译者在翻译时可以根据目标语言的特点，对内容的表达顺序进行调整。表达顺序的调整不仅使句子更加流畅，也让作品的意图更加清晰。

文化适应策略还体现在对俚语和方言的处理上。汉语言文学经典中的人物对话往往带有地域特色或特定社会阶层的语言特征，直接翻译可能无法准确反映角色的身份和情感。译者在处理时可以选择用目标语言中对应的俚语或俗语，使角色的语言更具地方性和真实感。俚语和方言的适应性翻译为人物的性格塑造提供了语言上的支持，使其在目标语言中更具表现力。

二、跨语言翻译对汉语言文学经典内涵的再阐释

跨语言翻译不仅是文字的转换，更是对汉语言文学经典深层内涵的重新诠释。在这一过程中，译者既要保留作品的核心思想，也要对经典的内涵进行新的表达。这一阐释过程让经典作品在不同语言环境中被重新理解，使其思想在新的文化语境中得以延展和丰富。

汉语言文学经典的再阐释往往从主题的诠释开始。经典作品的主题常与中国传统思想紧密相连，直接翻译难以全面呈现其丰富的哲学意蕴。译者在翻译

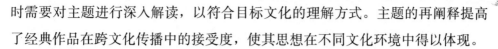

时需要对主题进行深入解读，以符合目标文化的理解方式。主题的再阐释提高了经典作品在跨文化传播中的接受度，使其思想在不同文化环境中得以体现。

汉语言文学经典的情感表达往往含蓄而细腻，不同语言对情感的表达方式存在差异。译者在处理情感表达时，需将细微的情感体验转换为目标语言中更直接或符合其表达习惯的形式。情感的再阐释不仅保留了作品的细腻性，也让不同文化背景的读者能够感受到相似的情感共鸣。

文化符号的解读与转换也是跨文化翻译对汉语言文学经典内涵再阐释的重要方面。汉语言文学经典中常包含特定的文化符号，直接翻译可能会导致读者难以理解其隐含意义。译者在翻译过程中对这些文化符号进行解释或转换，使其在目标语言中依然保留原有的文化色彩。文化符号的再阐释使经典作品保留了其象征价值，也使其具有了更普遍的文化意义。

在跨文化翻译中，人物形象的再阐释为汉语言文学经典注入了新的活力。经典作品中的人物形象通常深受中国文化的影响，直接翻译可能无法传达其多层次的性格特征。译者在翻译时需要对人物的个性和社会背景进行新的解读，使人物形象在目标文化中保持其独特性。人物形象的再阐释不仅是性格的转换，也让读者在理解人物时获得更深的情感体验。

表达方式的重新塑造也是翻译再阐释的一个关键环节。汉语言文学经典的表达方式充满了诗意和含蓄，直接翻译可能会让作品显得晦涩或缺乏美感。译者在翻译时需根据目标语言的特点，重新塑造表达方式，使作品的意境和美感能够在新语言中得以延续。这种表达方式的再阐释让作品的美学价值在跨文化传播中依然具有吸引力。

汉语言文学经典中的价值观念常与中国传统思想紧密相连，译者在翻译时需对这些价值观进行新的解释和传递。直接翻译可能难以让不同文化背景中的读者理解或认同，译者通过选择更加普遍的价值观表达方式，使经典作品的价值内涵在不同文化中得到体现。这种价值观的再阐释使经典作品能够超越文化差异，被不同文化的读者所接受。

第二节 不同文化背景下汉语言文学经典的接受与理解

一、东西方文化对汉语言文学经典理解的共性与差异

在情感表达上，东西方文化对汉语言文学经典的理解存在共鸣。经典作品中的爱情、亲情、友情等情感是无论东西方都能体会的共通情感。情感作为人类共通的情绪基础，为经典作品在不同文化背景中的传播提供了桥梁，使读者在情感层面建立了超越文化的连接。

在价值观念上，东西方文化的理解则表现出差异。汉语言文学经典中常蕴含忠孝、仁义等儒家思想，这些价值观在东方读者中得到了较广泛的接受。然而，对于西方读者而言，这些价值观念可能需要经过一定的文化解释才能被理解。

在社会结构的理解上，东西方文化对汉语言文学经典的接受同样有其独特之处。汉语言文学经典中描写的封建家族、宗族关系和礼教观念在东方读者中更易于理解，而西方读者可能较难完全接受和理解。

在人物形象塑造的理解上，东西方文化既存在共性，也有明显差异。无论是东方读者还是西方读者都对人物的情感和性格变化有一定的共鸣，但他们在人物的社会角色和地位上则有不同的认知。

在语言表达方式的接受上，东西方文化的理解也有所不同。汉语言文学经典中的含蓄表达和象征手法对东方读者来说较为自然，而西方读者可能更习惯于直接表达。

二、海外读者在汉语言文学经典阅读中的情感认同

海外读者在阅读汉语言文学经典时，经常产生一种独特的情感认同，这种认同不仅源于作品的情节与人物，还深深植根于作品所传递的情感共鸣。无论

文化背景如何不同，人类的情感在许多方面是相通的，经典作品中的喜怒哀乐、爱恨情仇跨越了文化的界限，触动着各国读者的内心。在阅读中，海外读者发现自己和作品中的人物在情感经历上有着某种共通之处，正是这种共通的情感体验，使他们能够真切地理解和接纳汉语言文学经典。

例如，在阅读《论语》时，海外读者在儒家思想中找到了情感上的共鸣。孔子倡导的仁爱、孝悌、忠信等伦理观念，使海外读者在家庭观念、人际关系等方面产生共鸣。许多西方读者在接触"仁"的概念时，能够联想到自己生活中的人际关系和情感纽带。仁爱不仅仅是一种道德规范，更是一种关怀他人、善待万物的情感体现。许多海外读者在《论语》的字里行间感受到一种温暖的力量，这种情感连接让他们看到了人类道德情感的共通之处，使他们对中华优秀传统文化心生亲近。

第三节 全球化背景下汉语言文学经典的传播策略

一、汉语言文学经典在国际文学交流中地位的提升

在各类国际文学节和学术研讨会上，汉语言文学经典的思想价值逐渐引发了广泛关注。这些经典作品在文化交流活动中，成为研究者共同探讨的文学话题，吸引了大量的关注。海外学者和文学爱好者在跨文化语境中解读汉语言文学经典，从多维度剖析其中的人物关系、情节设置及文化意涵，进而丰富了对中国文化的认识。汉语言文学经典在学术领域逐渐成为热门话题，其地位不断提升，这也在一定程度上推动了汉语言文学经典的跨文化传播，使其成为国际文学对话的重要组成部分。

在翻译领域，越来越多的优秀译者投入汉语言文学经典的翻译工作中，满足了全球读者的阅读需求。翻译不仅仅是语言的转化过程，它承载了译者对原文文化的深刻理解，涉及文化适应、语言转换等复杂的工作。许多译者在翻译

汉语言文学经典时，力求传递原著的情感内涵与文学美感，使作品在不同语言中呈现类似的情境。汉语言文学经典的优质译本让海外读者得以真正理解其文化意涵和哲学思想，能够提升经典作品在国际文学交流中的地位。

此外，汉语言文学经典的多语言出版成为作品传播和普及的重要方式。在全球出版市场上，越来越多的知名出版商选择与中国出版机构合作，将汉语言文学经典出版成多种语言版本，发行至全球多个国家和地区。出版商在选择、推广这些经典作品时，往往从文化背景、读者喜好等多方面进行考量，使经典作品在目标市场中能够引起广泛关注。国际出版商在推广这些经典作品时，不仅精心设计封面，还通过增加注释、附加解析等方式让读者更深入理解这些经典作品的内涵。这些多语言版本的经典作品的出版和推广，让汉语言文学经典逐步走进了普通读者的视野，为其在国际文学领域地位的提升提供了重要支持。

汉语言文学经典的影视化改编进一步提升了其在全球文学交流中的地位。许多经典作品被改编成影视作品后，通过生动的画面和精致的剧情吸引了大量海外观众的关注。影视作品使观众能够在视觉上更直接地感受经典文学的魅力，从而激发了他们对原著的阅读兴趣。从影视到文学的转化，使汉语言文学经典在国际读者群体中的影响力不断扩大，逐步确立了其在国际文学领域的重要地位。

许多海外高校开设了专门的中国文学课程，将汉语言文学经典纳入文学研究和教学体系中。这些课程为学生提供了系统化的学习内容，让他们在深入分析文学作品的过程中，体会中华优秀传统文化的丰富性与深度。深入的学术研究让汉语言文学经典成为学术探讨的核心内容之一，为经典作品在国际文学交流中的地位提升奠定了坚实的基础。

汉语言文学经典在跨文化传播中地位的提升离不开现代化传播媒介的支持。通过互联网、电子书籍、音频平台等现代传播手段，汉语言文学经典更广泛地触及了全球读者群体。许多在线平台开设了汉语言文学经典的专题栏目，向全球用户介绍和推荐这些经典作品。现代传播媒介让汉语言文学经典的传播更具广泛性和便捷性，使其在国际文学领域中获得了更大的关注度，进一步提升了其地位。

在线交流社区和社交媒体也在汉语言文学经典的传播中扮演了重要角色。许多海外读者通过社交媒体分享他们的阅读心得和解读，使汉语言文学经典在全球读者中形成了互动性的讨论氛围。不同文化背景的读者在网络平台上交流彼此对经典作品的理解，探讨其中的思想和情感。多元化的交流使汉语言文学经典的解读更加多样化，也使其在国际文学交流中有了更深层次的影响力。

二、汉语言文学经典的跨文化推广模式

在跨文化推广模式中，学术交流活动发挥了深刻的影响。汉语言文学经典作为国际学术研讨会和文学对话的研究对象，逐渐成为全球学者关注的焦点。各国研究者从自身的文化背景出发，对经典作品进行多角度的解读，这种多样化的阐释不仅丰富了作品的内涵，也让更多人深入理解了汉语言文学经典的独特性。汉语言文学经典在国际学术界的活跃讨论，使其逐渐走出地域限制，成为跨文化文学研究的重要组成。

此外，汉语言文学经典的多语言翻译也为其跨文化推广奠定了基础。随着越来越多的经典作品被译成多种语言，海外读者能够接触这些作品，并从中感受中华优秀传统文化的独特韵味。译者不仅要忠实于原文，还需将作品中的文化意象、语言美感转化为目标语言中易于理解的形式。多语言翻译让汉语言文学经典跨越语言障碍，使其成为国际读者心目中值得探索的文学宝库。

影视改编作为现代传播方式之一，在汉语言文学经典的跨文化推广中占据了重要位置。汉语言文学经典通过影视改编，能够借助视听语言将其核心思想更直观地传达给全球观众。影视作品的视觉化特点使经典作品的故事情节、人物形象更具感染力，容易引起观众共鸣。海外观众在观看后，往往对中华优秀传统文化产生兴趣，并进一步去探索原著。影视改编让汉语言文学经典的跨文化传播更具吸引力，增加了作品的国际影响力。

出版商在汉语言文学经典的跨文化推广中承担着不可替代的角色。许多国际知名出版商与中国的出版机构合作，将汉语言文学经典配以精美的装帧和详尽的注释进行出版，使这些经典作品更易被海外读者接受。出版商不仅考虑了读者的审美习惯，还将中国传统元素融入封面和内页，提升了作品的视觉吸引力。

网络平台的普及为汉语言文学经典的跨文化推广提供了广泛的渠道。互联网打破了地域限制，让更多人接触汉语言文学经典，社交媒体、文学论坛和视频平台等渠道使读者可以分享、交流对经典作品的阅读体验。网络平台在汉语言文学经典的跨文化推广中起到了桥梁作用，为不同文化背景的读者提供了交流的空间，增加了经典作品的曝光率和影响力。

在汉语言文学经典的跨文化推广中，数字化推广模式同样扮演了重要角色。数字化版本的汉语言文学经典通过电子书、音频读物等形式，使全球读者能够轻松获取资源。数字出版的优势在于便捷和广泛传播，这不仅降低了读者获取经典作品的门槛，也使经典作品能够快速传播到更多国家和地区。许多平台将汉语言文学经典纳入其全球销售榜单，使读者在任何时间、地点都能阅读这些经典作品。数字化推广模式让汉语言文学经典跨越了纸质书的局限，使其更具时代性。

与传统的推广模式相比，汉语言文学经典的文化活动推广更具互动性。各类汉语言文学经典主题展览、读书会和讲座在全球范围内受到关注，通过这些活动，读者得以近距离接触经典作品，了解其文化背景。在文学展览中，主办方通过图片、实物、历史资料等形式再现经典作品中的场景，让观众身临其境，进一步体会经典作品的意境。文化活动推广让汉语言文学经典更具亲和力，促进了跨文化交流。

第四节　跨文化传播中汉语言文学经典的误读与再阐释

一、海外读者对汉语言文学经典文本的误解与改读

在跨文化传播过程中，海外读者对汉语言文学经典的理解有时会出现误读，特别是在作品的文化意涵、人物形象、情节设定等方面，文化差异或背景知识的缺失导致他们对文本产生了偏差性的解读。这些误读不仅反映了文化理解的障碍，也揭示了不同文化语境对文本理解的影响。研究这些误读现象，能够帮助人们更深刻地理解跨文化传播中存在的挑战，同时也有助于文学研究者探讨汉语言文学经典在不同文化语境下的再阐释和传播策略。

许多汉语言文学经典在翻译过程中由于语言和文化的差异，难以完整传递出原著的精髓。例如，《道德经》中的"道可道，非常道"常被译为"道是一种永恒的法则"，这种翻译忽略了"道"在中国文化中流动、变化的特质，使海外读者将"道"视为固定不变的规则，难以领悟其中的深意。翻译过程中的语言转换使部分经典文本的内涵被简化，可能会造成海外读者的误解。

二、多元文化环境下汉语言文学经典的再解释与创新

由于文化背景、历史语境和价值观的差异，汉语言文学经典文本在不同文化环境中被赋予了新的含义和象征。再解释不仅使汉语言文学经典在全球范围内获得了更广泛的认同，也推动了其在不同文化环境中的再创造，为文本注入了丰富的现代性和多样性。在多元文化语境中，汉语言文学经典文本的再解释过程显示出文化交流的多层面性和复杂性，再解释成为汉语言文学经典在全球化背景下的重要传播模式之一。

例如，在西方文化中，《道德经》被解读为一种哲学上的生态智慧。许多西方学者认为，"道法自然"的观念与当代的生态保护理念相契合，这使《道

德经》在环境保护领域获得了新的关注。道家主张的"无为而治"在中国传统文化中象征着顺应自然、减少人为干预，而在西方读者的再解释中，这种观念成为一种提倡生态平衡的哲学主张。西方学者在解读时将"无为"与现代环境保护理念相结合，认为道家的思想能够为当代社会的可持续发展提供启发。

中国古代诗歌中的自然意象往往蕴含着丰富的情感和哲学思想，但在西方读者的再解释中，这些意象被视为对自然的歌颂。例如，西方读者倾向于从自然美的角度理解《诗经》中的自然意象，而忽略了其中所蕴含的人生哲理和社会观念。这样的再解释赋予了《诗经》新的美学意义，使其成为自然文学的一部分，在西方文化中获得了不同的解读空间。

再解释过程中，汉语言文学经典中的爱情观也在不同文化中被赋予了新的理解。在中国古代文学中，爱情往往被赋予了含蓄而深沉的表达方式，而在西方文化的解读中，这种爱情观被认为是一种忠诚的象征。例如，《红楼梦》中的爱情悲剧在西方被解读为一种忠诚于自我感情的表现。这种再解释赋予了作品中的爱情主题新的伦理意义。

第七章　汉语言文学经典传播的创新路径

第一节　数字媒体与汉语言文学经典的互动传播

一、社交媒体平台与汉语言文学经典的互动关系

在当今数字化信息时代，社交媒体的出现极大地改变了汉语言文学经典的传播方式，使经典作品不再仅仅依靠传统的出版和课堂教育，而是通过多维度、多层次的互动传播走进大众视野。社交媒体的互动特性，打破了汉语言文学经典过去的单向传递模式，为读者提供了广泛参与和表达的平台，使汉语言文学经典的传播呈现出多样化、互动化的趋势。

社交媒体平台的分享功能是推动汉语言文学经典广泛传播的关键。许多读者在阅读经典作品后，常常会将他们认为具有启发性的句子、片段或心得体会发布在社交网络上进行分享。许多经典作品被摘录下来，并在社交媒体平台上传播，用户可以通过社交媒体平台参与讨论。

一些汉语言文学经典中的情节和人物形象被短视频平台的创作者们改编成简短而富有趣味的片段，以轻松易懂的方式呈现在用户面前。一些经典作品通过短视频重新演绎，带入了现代生活的场景，让用户能够迅速理解作品的精髓。部分情节被创作成短视频，通过配音、情景剧等手法进行生动展现，用户不仅能够更深入地了解原著，还可以在短时间内掌握作品的情感基调和核心思想。

用户在阅读汉语言文学经典后，往往会在社交平台上留下自己的见解，并

与其他用户展开深入的讨论。这种讨论不仅限于表面的故事情节，还涵盖了作品的文化背景、历史意义等深层内容。通过讨论，用户之间相互启发，在多视角的碰撞中加深对作品的理解。

汉语言文学经典在社交媒体平台上还获得了图像化的创新表达。一些经典作品的片段被制作成海报、插画，并配以经典语句，这些图像化作品在社交平台上传播开来，吸引了年轻用户的目光。这种图像化的表现形式让汉语言文学经典以更具视觉冲击力的形式呈现，使用户在快速阅读的过程中感受经典的美感和意境。图像化的传播方式突破了传统文本阅读的限制，为汉语言文学经典带来了新的生命力。

许多用户在社交媒体平台上创作了大量的读书笔记、解读视频、心得文章，从不同的角度阐述他们对汉语言文学经典的理解。用户可以将自己的分析录制成短视频，结合历史背景、文化心理等因素探讨这一角色的多面性，并分享给其他读者。

许多用户在社交媒体平台上使用特定的话题标签，将经典文学的讨论纳入更广泛的社交语境中。话题标签的使用让汉语言文学经典的内容更易于被人发现和关注，尤其在某些热点事件的带动下，往往会引发集中的讨论。

许多专家学者和文学爱好者在社交媒体平台上开设直播节目，以讲解汉语言文学经典为主题，与观众互动，探讨作品的背景、思想和解读方法。直播的实时互动性让观众能够在观看过程中随时提问，与主讲人进行直接交流。观众在评论区提出疑问，教授可以即时回应。这种互动交流能够加深观众对汉语言文学经典的理解。

二、在线阅读平台对汉语言文学经典的推动作用

传统的纸质书籍的获取通常需要依赖书店、图书馆等实体渠道，而在线阅读平台使汉语言文学经典可以随时随地被访问。这一特点特别适合现代生活节奏较快的读者。无论是在地铁上、咖啡馆里，还是在家中的一隅，读者都可以

通过手机、平板或电脑进入在线阅读平台，查找并阅读汉语言文学经典。这种便利性使汉语言文学经典不再受限于特定场所，读者也不必为了获取某本经典作品而专门前往书店或图书馆，这大大提高了经典作品的可获得性和传播效率。在这些平台上，读者可以看到关于同一部经典作品的不同阐释和注解，这对于理解汉语言文学经典的多样性和深度具有重要意义。读者能够在同一界面上看到不同视角的注释和点评，从而更好地理解汉语言文学经典的丰富性。

在线阅读平台往往带有强烈的社交属性。在阅读汉语言文学经典时，读者可以通过在线阅读平台的评论区留言，分享自己的读书感受，或者提出疑问，并且与其他读者展开讨论。读者会从不同的角度补充或质疑，从而形成一种群体讨论的氛围。用户可以通过在线阅读平台撰写读书笔记、发布书评，分享自己对经典作品的独特见解。对于汉语言文学经典而言，读者的个人解读往往能够为其他读者提供新的视角和启发。

在线阅读平台还通过建立专题活动和阅读计划来引导读者深入阅读汉语言文学经典。例如，一些在线阅读平台会在特定的时间段内组织"经典阅读月"或"名著导读"活动，邀请学者进行在线讲解，并在活动期间推荐相关书籍和阅读材料。这些专题活动为经典作品的阅读提供了一个系统化的途径，帮助读者克服在阅读汉语言文学经典过程中可能遇到的理解障碍，激发他们对汉语言文学经典的兴趣。此外，一些在线阅读平台还会结合节日或文化纪念日，推出相应的汉语言文学经典阅读推荐，例如，在端午节推荐《离骚》等。这种与时间节点相结合的阅读推荐，让汉语言文学经典与当代生活建立了联系，增强了经典作品的现实感和亲近感。

在线阅读平台利用大数据和人工智能技术，为读者提供个性化的阅读推荐，这也在很大程度上推动了汉语言文学经典的传播。在线阅读平台根据读者的阅读历史、兴趣爱好等数据，推荐与之相符的汉语言文学经典。例如，一位对历史类作品感兴趣的读者，在阅读了《资治通鉴》后，平台可能会推荐《史记》《三国演义》等具有相似主题或背景的作品。这样的个性化推荐，既增加了汉语言文学经典被读者选择的概率，也帮助读者发现更多与其兴趣相关的经典作品，拓宽了他们的阅读范围。此外，汉语言文学经典平台的智能推荐不仅限于单一作品的推荐，还结合读者的阅读习惯，推荐一系列相关的经典作品，形成系统的阅读路径，从而加深读者对某一主题或某一类型汉语言文学经典的理解。

对于汉语言文学经典而言，在线阅读平台的数字化特性也赋予了作品新的表现形式。在传统的纸质书籍中，经典作品的呈现形式相对固定，而在在线阅读平台上，文本可以结合音频、视频等多媒体手段进行展现。多媒体结合的方式，让汉语言文学经典的传播形式更加丰富多样，也使读者在阅读过程中能够获得更加立体的体验。此外，一些经典作品的章节还配有学者的讲解视频，能帮助读者更好地理解复杂的文本内容，这种结合了视听元素的数字化呈现方式，让汉语言文学经典的传播更具吸引力。

在线阅读平台的开放性还为学者和普通读者之间建立了沟通的桥梁。在一些在线阅读平台上，文学研究者会开设专栏，撰写关于汉语言文学经典的学术文章，或者通过问答形式解答读者在阅读过程中遇到的问题。例如，一些研究《论语》的学者会在平台上详细解释其中的难解句子，帮助读者理解孔子的思想。这种学者与读者之间的直接交流，不仅拉近了普通读者与学术研究之间的距离，也在某种程度上推动了汉语言文学经典的普及化和大众化。学者的参与为经典作品的传播提供了专业的视角和深度，使在线阅读平台成为汉语言文学经典传播的重要学术阵地。

在在线阅读平台上，读者还可以创建个人书单，并将这些书单分享给其他用户。书单的创建和分享，为汉语言文学经典的传播提供了更多的展示机会。一些读者会根据自己的阅读经验，创建"必须阅读的汉语言文学经典""初学者推荐"等书单，将他们认为重要的经典作品推荐给其他用户。这种书单的形式，不仅丰富了平台的内容，也使汉语言文学经典能够通过读者的自主推荐进入更多人的视野。此外，读者之间相互推荐的行为，也使汉语言文学经典的传播具有更强的个人色彩和亲和力。

第二节　社交媒体平台与汉语言文学经典的二次传播

一、汉语言文学经典内容在社交媒体平台上的再创作

在社交媒体平台上，用户们常以短小精悍的语言来诠释汉语言文学经典，这种形式的再创作深受年轻人欢迎。许多用户会结合生活场景和情感体验，将经典作品中的一句话或者一个情节进行重新解读。这些随手的表达，使汉语言文学经典不再只是书页中的文字，而是真实地融入了人们的心境，成为抒发个人情感的媒介。

在短视频平台上，用户可以利用多样的手段展示对汉语言文学经典的理解。许多视频创作者把诗词与音乐、舞蹈结合起来，用富有表现力的肢体动作表达文字中的情感。例如，有的创作者选择在古典音乐中吟诵《离骚》，并配以自然景观和特效，使观众感受诗句的意境之美；还有的创作者将《西游记》中的情节改编成情景剧，并以轻松幽默的方式重新诠释，引起年轻观众的欢笑与共鸣。短视频的传播方式将汉语言文学经典中丰富的意象以立体的方式呈现，增强了观众的代入感，让人们感受经典作品中的生动和真实。

此外，许多学者、戏曲演员和文化爱好者纷纷在直播间中讲解汉语言文学经典，与观众进行实时互动，深入剖析人物心理，带领观众重新审视其中的情感脉络。在直播中，观众可以提出问题，与主讲人进行互动，形成了一种双向的交流，这种即时反馈不仅提升了观众的理解力，也让学术探讨不再遥不可及，变得更接地气。戏曲演员在直播中表演经典唱段，为观众普及传统艺术，并讲解其中的文化意蕴，让观众沉浸式接触经典文化。

许多用户结合文学分析和个人感悟，在文字内容分享类平台上撰写文章或评论，将汉语言文学经典与当代生活关联起来，产生了大量极具深度的内容。这些再创作的内容通过平台传播，触及了更广泛的读者群体，使汉语言文学经

典的思想与当代社会产生了深层次的对话。

此外，一些年轻的插画师和设计师利用视觉创意，将汉语言文学经典的意象转化为视觉作品，赋予汉语言文学经典新的表达形式。这些作品富有想象力，极具吸引力，吸引了大量年轻人的关注。这些插画师和设计师将经典作品中的意象被转化为简约的现代风格插画，并将其制作成壁纸和手账素材，广泛传播。

在社交媒体平台上，短小精悍的文字再创作也为汉语言文学经典增添了新的解读角度。许多博主将经典作品中的诗句或片段加以诠释，用生动的语言拉近与读者的距离。有的博主将唐诗中的诗句与现代生活中的场景对应起来，创造出有趣的对比，增添了作品的趣味性。这样的再创作不仅让经典作品呈现出不同的面貌，也让观众在欣赏文字的过程中产生共鸣。

一些文化机构和出版社也借助社交媒体平台的优势积极推广汉语言文学经典，设计了许多新颖的互动活动。某博物馆在社交媒体平台上推出了"古诗词接龙"的活动，吸引了许多人的参与，大家在评论区接力填充诗句，充满趣味和挑战。这种活动不仅提高了大众对经典诗词的兴趣，也增强了参与者的互动感，形成了文化传播的良性循环。与此同时，出版社通过分享经典作品的精美插图、书摘以及音频诵读，吸引更多读者的关注，使经典作品以更具亲和力的方式融入人们的日常生活。

在国际社交媒体平台上，一些外国友人积极地参与汉语言文学经典的再创作。某位海外华人博主在自己的频道上用双语朗诵《诗经》，并对其中的词句进行解读，帮助来自不同文化背景的观众理解诗句的深意。他们的努力也促进了文化间的相互理解。一些改编自汉语言文学经典的短片也在社交媒体上广为传播，观众们被影片中的诗意画面和情感表达所打动，纷纷留言表达对中华优秀传统文化的喜爱。这样的再创作不仅让汉语言文学经典的影响力跨越国界，也让不同文化背景的人们在汉语言文学经典中找到共鸣。

科学技术的进步为汉语言文学经典内容的再创作提供了新的可能性，增强现实技术和虚拟现实技术让人们可以沉浸在汉语言文学经典的世界中。某款应用程序引入增强现实技术，用户在使用时可以"看到"诗人李白在月下吟诗，仿佛置身于古代的诗情画意中。这种虚实结合的体验让人们对汉语言文学经典产生了更深的代入感，从而更好地理解作品背后的意蕴。此外，一些设计师利用数字化技术，将经典作品转化为交互式电子书，让读者在点击屏幕的同时可以看到文字背后的场景与细节。这种新颖的阅读体验激发了更多人对汉语言文学经典的兴趣。

社交媒体平台上的汉语言文学经典再创作还包括各种以经典作品为题材的趣味挑战活动。某平台发起了"七天背诵七首古诗"的挑战，用户们拍摄视频记录自己的学习过程，并分享在平台上。大家在评论区中互相鼓励，共同完成挑战，让人们在趣味中体验汉语言文学经典的美好。

二、社交媒体平台上汉语言文学经典的阅读圈层及其传播机制

汉语言文学经典的阅读圈层中活跃的用户往往具有较强的文学素养，对汉语言文学经典有着深入的理解。这些人在阅读过程中并不仅仅满足于欣赏文字的美感，更关注作品中的思想内涵和历史背景。因此，他们在社交媒体平台上发起的讨论往往会涉及经典作品中的哲理思考，甚至是对人性和社会现象的深层探讨。这种对经典作品的批判性阅读，不仅丰富了讨论的层次，还吸引了更多用户的关注。

汉语言文学经典的阅读圈层的形成还依赖于社交媒体平台的分众化推荐机制。平台依据用户的阅读偏好，向其推送相关内容，促使用户聚集在与自己兴趣相符的圈子中。对古诗词感兴趣的用户可能会被推荐到专注于诗词赏析的圈子，而热爱小说的用户则更容易接触讨论古代小说的群体。这种推荐机制让不同兴趣的用户能迅速找到志同道合的伙伴，使汉语言文学经典的阅读圈层在社交媒体平台上逐步壮大。

这些阅读圈层内的用户在互动过程中，分享彼此的阅读体验和解读方式，形成了高度凝聚的社群文化。例如，在汉语言文学经典阅读群体中，许多用户

会定期组织线上读书会或共同阅读计划。他们会在特定的时间段一起阅读同一部经典作品，之后分享心得体会，讨论自己对文本的理解。这样的活动不仅增进了群体内成员的互动，更在一定程度上深化了汉语言文学经典在社交媒体平台中的传播效果。

社交媒体平台的评论区也是汉语言文学经典的阅读圈层交流的重要场所。用户在浏览经典作品的内容时，常常会被评论区的讨论所吸引，甚至停留更长时间去阅读其中的观点和反馈。平台的评论功能使用户不仅仅是被动的接收者，他们的观点、批评和见解可以被广泛传播，进而影响更多的读者。例如，一位读者在评论区分享了他对《史记》中某段情节的理解，迅速引发了一场围绕史学价值的讨论。这种开放的评论环境，使汉语言文学经典的阅读圈层内部的讨论更加多样和深入，也增强了用户对汉语言文学经典的参与感。

此外，一些具有丰富知识储备的学者、文化名人或资深读者，在汉语言文学经典的阅读圈层中具有较高的公信力，获得众多关注和转发，许多年轻人受此影响。不仅是汉语言文学经典传播的推动者，更是圈层文化的引领者。

汉语言文学经典的阅读圈层的传播机制也借助了社交媒体平台的二次传播效应。用户在浏览汉语言文学经典内容时，常常会将自己认为有意义的观点或片段分享到社交媒体平台，形成了多层次的传播链条。例如，某位用户在读完《西游记》中的一个哲理片段后，将其配上自己的感悟分享出去，引发了其他用户的共鸣。这种二次传播让经典作品的内容不仅在阅读圈层中传播，还进一步向更广泛的社交圈层扩散，推动了汉语言文学经典在更大范围内的影响力。

社交媒体平台上的图文分享多以简洁而富有深度的语言来吸引读者眼球，如一些创作者会将一些短句配上精美的插图，吸引大家驻足欣赏。而视频内容则更加注重视觉效果的呈现，有的创作者会用现代技术将古典诗词的意境以动画形式再现，使观看者能更加直观地感受文学之美。这种图文与视频相结合的传播方式，拓宽了汉语言文学经典的表现形式，增强了其感染力。

社交媒体平台上汉语言文学经典的阅读圈层并非静态不变，而是随着用户的兴趣和需求不断变化。比如，某一时期人们对《唐诗三百首》的讨论突然活跃，之后又转向对《水浒传》的重新解读。这种兴趣的流动性使汉语言文学经典的讨论内容更为丰富，也让不同的经典作品在不同时间节点上获得关注。平台上的热门话题榜单也在推动这种流动性，用户会因话题的热度变化而转入新的汉语言文学经典的阅读圈层，从而使汉语言文学经典的传播更加动态和多样。

在汉语言文学经典的阅读圈层中，用户的个性化表达也是一种重要的传播形式。许多用户在分享自己的阅读体验时，带有明显的个人色彩，这种表达方式既保留了经典作品的原意，又融入了个人的理解。例如，一位年轻人将《庄子》中的思想与现代都市生活相结合，以幽默诙谐的方式记录自己的日常感悟，引发了不少共鸣。这样的个性化表达使汉语言文学经典更贴近人心，成为一种生动的文化体验，而不仅仅是单纯的知识传递。

随着汉语言文学经典的阅读圈层的不断壮大，一些商业平台也加入其中，借助圈层用户的影响力来推动汉语言文学经典的市场化。一些文化品牌在社交媒体平台上推广经典文学的周边产品，受到了阅读圈层用户的欢迎。这种商业化的介入一方面丰富了汉语言文学经典的传播形式，另一方面也在一定程度上推动了文化消费的兴起，形成了文化与商业的良性互动。

第三节　影视改编对汉语言文学经典的再创作与传播

一、影视改编对汉语言文学经典的现代化诠释

许多汉语言文学经典被改编成影视剧后，以一种全新的形象出现在观众面前。在这种现代化诠释中，导演和编剧往往会加入当代人的价值观和思维方式，使故事具有更广泛的吸引力。在传统文化氛围的烘托下，导演着力展现人物内心的复杂性，使观众在视觉震撼中更深刻地理解人物的命运。现代化的解读使观众更能体会作品的现实意义。

对于汉语言文学经典中的人物，影视改编往往通过演员的表演和人物造型的设计赋予他们新的生命。一些改编作品甚至让观众在荧幕前对人物产生了强烈的代入感，观众不再仅仅是故事的旁观者，而是通过人物形象的现代化塑造感受其中的热血与力量，以及情感张力。

影视改编的现代化诠释在场景和氛围的再造上有着突出的表现。汉语言文学经典中的许多场景在观众的脑海中可能只是简单的文字描述，但影视改编的镜头语言赋予了这些场景真实的感官体验。场景的重构不仅仅是为了美化画面，更是为了让观众身临其境般地感受汉语言文学经典中的奇幻世界，从而在视觉上与经典作品产生情感共鸣。

在情节的改编上，影视作品往往在尊重原著的基础上进行适度调整，以适应现代观众的审美需求。情节上的现代化调整，使作品更具有现实的张力，观众在观看时能够感受其中的多维度情感，而不再只是传统的道德判断。

与文学文本不同，影视改编带来了声音和音乐的魅力，极大地丰富了汉语言文学经典的情感层次。在一些改编剧中，编导选用了中国传统乐器的演奏，配合诗句的节奏，为画面注入了浓厚的诗意。音乐的加入赋予了作品情绪的波动和起伏，观众在音乐的引领下感受古代文人对自然与生活的细腻观察。

人物服饰和道具的设计是影视改编中不可忽视的部分，直接影响了汉语言文学经典的再现效果。服饰设计师们往往以原著时代为基础，同时在色彩、材质和纹样上加入创意，使人物的形象更具时代气息。比如，一些电视剧中的服装以真实历史为依据，通过精美的刺绣、古朴的面料和考究的造型再现了当时朝代的风采。服饰和道具不仅仅是外在装饰，它们承载了人物身份和心理的细腻变化。观众在欣赏这些细节的同时，也在不知不觉中更深入地理解了文学作品中人物的性格和地位。

除了视觉上的现代化诠释，影视改编的台词设计也赋予了汉语言文学经典新的韵味。编剧在创作台词时，往往会在保留原著语言风格的同时加入当代的表达方式，使台词既有古典的雅致，又不显得生硬晦涩。让观众在领略其语言魅力的同时，感受人物的复杂性格，拉近了汉语言文学经典与现代观众之间的距离，使观众能够更自然地接受其中的情感和思想。

影视作品还在汉语言文学经典的叙事结构上进行大胆尝试，使故事在保持原著精髓的同时更加引人入胜。有的影视作品会在情节顺序上做一些打破时空的创新，让观众在观看时从不同角度了解人物的动机和内心世界。导演通过这种非线性叙事结构打破了传统的故事呈现方式，带领观众在每一幕场景中更加深入地了解人物的复杂性，使故事的展开更具现代叙事的张力。

影视改编还赋予汉语言文学经典更多跨文化的诠释和表现空间。许多汉语言文学经典在被改编成影视作品后进入国际市场，给其他文化背景的观众提供了理解中国文学和历史的窗口。例如，《西游记》的影视改编作品在海外受到了广泛的关注。导演通过调整故事情节和人物设定，增添了更多普遍的情感元素，使西方观众也能感受其传达的友谊、冒险和对正义的追求。

二、影视作品中的汉语言文学经典元素传递

许多汉语言文学经典中的象征性元素被影视作品放大和强化，成为视觉语言中重要的符号。符号化的处理方式赋予了这些元素新的视觉生命，让观众在潜移默化中感受原著的思想。

在场景和道具的设计上，影视作品也尽力还原汉语言文学经典中的细节，以增强观众对原著的情感联结。例如，在《诗经》改编的影视剧中，导演会特意选择古朴的山水背景，加入柳树、溪流等富有诗意的自然元素，力图还原古典诗歌中那种淡雅悠远的意境。观众在观赏这样的场景时，仿佛置身于诗句描绘的天地之间，视觉和听觉交织，使观众对文学经典中的自然之美有了更切身的体会。

在人物形象的塑造方面，影视作品中往往会强调角色的心理特征和情感深度，从而延展出汉语言文学经典中的人物形象。

此外，许多改编作品在对白设计上保留了汉语言文学经典中的语言韵味，

使观众在听觉上也能体会文学的美感。例如，导演在改编《诗经》时，会尽可能保留诗句的原意，并配合优雅的背景音乐，让观众在观看过程中体验诗句的意境和韵律。即便是一些年轻的观众，也会在观看的过程中被这种优美的语言所吸引，感受《诗经》的古典之美。

有些影视作品还通过色彩和画面构图传递汉语言文学经典的情感氛围。例如，导演在《红楼梦》的改编作品中，常常运用冷色调来表现贾府的衰败之势，而在展现黛玉和宝玉相遇的场景中，则采用明亮的光线和鲜艳的色彩。色彩的对比强化了人物的情感冲突，让观众在观赏过程中体会原著中的悲剧意味。

影视作品的改编不仅限于表现汉语言文学经典的情节，还借助象征性道具，强化了汉语言文学经典中的文化内涵。比如，在《论语》改编影视剧中，常常会在镜头中出现象征"礼"的器具，使孔子的道德哲学以具象的形式呈现出来。观众在看到这些文化符号时，便会联想到儒家思想的伦理观念，使汉语言文学经典的思想精髓被更直观地传达出来。

在一些汉语言文学经典的影视作品改编中，导演还通过使用当代的表现手法，丰富了经典的艺术层次。例如，在改编自《水浒传》的影视作品中，导演引入了极具当代感的慢镜头处理，放大了人物在关键情境下的细微表情，使观众得以透过这些画面感知角色的心路历程，在这些细节的强化中更深刻地体会角色的情感转变和内心挣扎。

影视作品中的经典元素传递还表现在其背景音乐的设计上。导演往往会采用古琴、箫等传统乐器，以配合画面的意境，在画面转换的瞬间将观众带入一个古典的世界中。音乐的情绪流动引导着观众的情感，使他们在聆听中更好地感知汉语言文学经典中的细腻情感。

影视作品在场景设置上往往赋予汉语言文学经典更深层次的文化象征意义。例如，在由《山海经》改编的影视作品中，那些奇幻的山川地貌、神秘的远古生物通过精细的特效制作再现了原著的神秘色彩。观众在这些极具想象力的场景中仿佛进入了一个古老而神秘的神话世界，这种情景再现增强了作品的文化厚重感，也将观众对汉语言文学经典的认知提升到一个新的层次。

第四节　汉语言文学经典传播中的文化创意产业

一、文化创意产品中汉语言文学经典元素的应用

近年来，各类文创产品中融入了大量汉语言文学经典的元素。在许多周边产品中，人物形象、故事情节成为设计的灵感源泉。例如，以《红楼梦》为主题的明信片不仅再现了书中人物的风采，还通过特定的色彩和材质来表现贾府的氛围。这些设计不只是视觉上的装饰，更承载着经典作品中的情感和意境，使人们在日常物品中也能感受到汉语言文学经典的美感。

传统的诗词文化在文化创意产品中也得到了创新演绎。许多文化品牌推出了以唐诗、宋词为主题的笔记本、书签等小件物品，书签上印有诗句并配有古风插画。这样的产品让诗词的优雅意境在现代生活中得以重现，既富有实用性，又满足了人们对古典美学的追求。这些文化创意产品使诗句的魅力随之流露，并自然而然地融入生活的细节中，令传统诗词焕发出新的光彩。

茶文化作为传统文化的重要组成部分，与汉语言文学经典中的意象有着密切关联。一些茶叶品牌以《诗经》《离骚》中的句子命名其产品，并在包装设计中加入中国古典画作中的山水、花卉等元素。每款茶叶包装都具有浓郁的诗意，消费者在品茶的过程中仿佛置身于古代文人雅士的世界。这种将汉语言文学经典的意象应用于产品设计的方式，不仅增加了文化内涵，也让消费者在品味产品的同时感受汉语言文学经典的感染力。

在服装设计领域，许多设计师将汉语言文学经典的意象与现代时尚相结合，创造出具有古典文化特色的服饰。设计师在衣物的纹样和配饰中融入了经典作品中人物的象征符号，赋予了服饰独特的内涵。例如，在刺绣图案中出现的松

树、竹子等意象，不仅仅是装饰，还传达出坚韧的精神，令穿戴者在日常穿搭中流露出对传统文化的认同。这种时尚与经典的结合，使汉语言文学经典元素在现代社会中焕发出新的生命力。

此外，以汉语言文学经典为题材的影视衍生品也受到广泛欢迎。例如，改编自《西游记》的影视作品推出了相关的文创周边，包括钥匙链、手机壳和抱枕等。孙悟空、唐僧等经典形象被创意地融入这些日常用品之中，让观众在观影后可以将喜爱的角色带入生活。这样的文化创意产品不仅满足了观众的情感需求，也在一定程度上延续了汉语言文学经典的生命，使其成为一种具有纪念价值的文化符号。

近年来，博物馆和文化机构也推出了大量与汉语言文学经典相关的文创产品。这些产品通常在造型和设计上融入汉语言文学经典的元素，既展现出厚重的文化底蕴，也兼具现代的实用性。例如，以《山海经》为主题的手办和雕塑受到年轻人的喜爱，设计师以书中描绘的奇幻生物为灵感，使这些奇特的形象"走出"书页，成为立体的艺术品。消费者在收藏和展示这些手办时，也是一种文化体验的延续。

汉语言文学经典的字句被精巧地应用于文具设计中。许多文具品牌推出了印有《论语》名句的笔记本和信纸，简约的设计搭配书法字体，使人们在使用过程中感受儒家文化的智慧。这样的设计不仅美观，还为日常物品赋予了哲理深意，让人们在工作和学习中获得心灵的慰藉与思考空间。

在家居设计中，许多品牌将汉语言文学经典中的意象运用到家具和装饰品中。例如，设计师在香薰蜡烛的香气搭配上精心挑选，以还原诗句中所描绘的自然意境。消费者在使用这些香薰时，不仅感受了嗅觉的愉悦，还得到了文化的沉浸体验。汉语言文学经典元素在这样的产品中被赋予了新的意义，使文化体验渗透在日常生活的各个细节之中。

以汉语言文学经典为灵感的衍生产品还涉及包装设计，特别是在食品包装领域。一些品牌的外包装上印有汉语言文学经典的人物形象，并配有人物的简短介绍。这种包装设计不仅丰富了产品的文化内涵，也增强了消费者对汉语言文学经典的好奇心。

书店与咖啡馆的跨界合作也是一种独特的文创模式。在一些文学主题咖啡馆中，店家会以《红楼梦》《诗经》等汉语言文学经典为装饰灵感，桌椅、墙壁装饰都融入了古典文学的元素，营造出书香氛围。顾客在这样的环境中喝咖啡、看书，仿佛置身于一个沉浸式的文学世界。文化创意产业在空间设计上的创新，为经典文学的传播带来了全新的体验。

二、汉语言文学经典在文创产业中的再现与创新

在文化创意产业蓬勃发展的背景下，汉语言文学经典的内容和形象被赋予了全新的展现方式，为大众提供了多样化的文化体验。汉语言文学经典不再仅仅是书本中的文字，而是以丰富的视觉、听觉和触觉形式走进现代人的生活，在文创产业的助力下，以创新的方式在日常生活中得以再现。设计师、艺术家和各类文化从业者纷纷从汉语言文学经典中汲取灵感，将诗词、小说、寓言中的意象转化为具体的文创产品，为汉语言文学经典的传播创造了更多可能。

在艺术品和工艺品领域，汉语言文学经典元素被巧妙地运用于设计中，成为极具吸引力的收藏品和装饰品。例如，出自《山海经》的奇幻生物在雕塑和陶瓷品中被立体化，设计师结合现代雕塑技法，将书中描述的神话形象赋予了质感和细腻的肌理，使这些神话形象有了真实的观感。观众在欣赏这些作品时，不仅被造型的美感所吸引，更在其神秘的象征背后体验了中国古代文化的独特魅力。每一件作品都蕴含了设计者对原著的理解，也让人们对汉语言文学经典产生了新的认知。

文化创意产业中的汉语言文学经典再现往往结合现代的审美与技术，在传统文化和当代设计之间建立了一座桥梁。在服装设计方面，许多品牌将《诗经》《楚辞》等汉语言文学经典中的意象转化为时尚元素，融合到服饰纹样和色彩之中。例如，一些汉服品牌通过《诗经》中的花鸟描绘，设计出富有诗意的刺

绣图案，使服装不仅具备美学价值，还富有文化含义。消费者在穿着这些衣物时，不仅能感受服饰的精致，还体会了汉语言文学经典中的自然之美。

在文具和办公用品方面，汉语言文学经典元素的创新应用体现了文创产品的多样性和趣味性。比如，许多品牌推出印有《论语》《孟子》名句的钢笔、笔记本和台历，这些产品不仅便于携带和使用，还能在日常生活中带来汉语言文学经典的智慧启迪。简约的设计和文雅的色调赋予了这些文创产品独特的文化韵味，消费者在使用这些文创产品时仿佛与汉语言文学经典产生了精神上的联结。这种设计不仅仅是图案的装饰，更让文学的内涵通过具体的物品得以呈现。

在珠宝和配饰的设计方面，汉语言文学经典中的意象也被灵巧地融入。例如，设计师们从《红楼梦》中的人物形象中提取色彩和造型，用玉石、珍珠等传统材质设计富有古典美的项链和耳饰。戴上这些饰品后，佩戴者仿佛成了文学故事的主人公，既享受了美学体验，又感受了文化的延续。这些饰品以汉语言文学经典为依托，将书本中的形象转化为能够触摸的艺术品，使人们在佩戴过程中自然地感受文学的气韵。

汉语言文学经典在数码产品中的再现与创新，极大拓展了其传播的广度和深度。一些手机品牌和电子书品牌推出了以《西游记》《水浒传》为主题的特别版，在机身设计和屏幕界面融入汉语言文学经典元素。例如，手机壁纸上设有经典场景图案，开关机动画则配有相关的人物剪影。用户在使用这些电子设备时，随时能与汉语言文学经典产生无形的互动，这种数字化的再现方式不仅符合现代生活的需求，也让汉语言文学经典元素在科技产品中焕发新的活力。

文化创意产业还将汉语言文学经典元素应用于旅游纪念品设计中，使经典作品中的地域文化通过具体物件流传开来。比如，以《桃花源记》为主题的景区会推出相关的文创商品，如印有"桃花源"意象的手绘地图、明信片和书签。这些产品不仅让游客对汉语言文学经典产生兴趣，还强化了人们对景区文化的理解。纪念品在游客的手中，成为文学和现实之间的桥梁，将汉语言文学经典的情境带回日常生活。

在主题餐饮和文化空间设计上，汉语言文学经典的再现也独具特色。许多餐厅以《红楼梦》中的膳食为灵感，重现古代宴席的风貌，菜品的命名和摆盘都结合了文学中的描写。这样的餐饮体验让食客在美食中领略汉语言文学经典的韵味，不仅增加了食客用餐的趣味，也在无形中推广了汉语言文学经典的文化内涵。类似的文化空间，如主题书店和茶馆，则会结合《论语》《诗经》中的文字布置环境，让人们在闲暇中体会汉语言文学经典的雅致。

文化创意产业的创新产品还包括与汉语言文学经典相关的虚拟现实和增强现实体验。例如，一些科技公司设计了《山海经》虚拟探险体验，用户佩戴VR设备便可进入书中的奇幻世界，探索古代神话中的生物与地理。虚拟现实技术赋予了汉语言文学经典更强的沉浸感，观众不再只是被动的阅读者，而是在虚拟空间中主动探索，体验汉语言文学经典的情境和想象。这种技术手段的应用，让汉语言文学经典的再现变得生动而富有感染力。

在博物馆的展览中，我们也能频繁见到汉语言文学经典的创新应用。一些博物馆将经典作品中的场景用互动展厅再现，观众在展厅内可以看到其中的经典形象和故事情节。这样的展示让文学故事从静态的文字变为动态的视觉体验，让观众在亲身参与过程中领略文学的趣味与文化价值。展厅中的多媒体设备和互动设置，也为汉语言文学经典的再现增添了现代科技的色彩，使人们对经典作品产生更加直观的理解。

第八章　汉语言文学经典阅读与传播的挑战与未来

第一节　当代社会对汉语言文学经典的认知与接受

在当代社会中，汉语言文学经典的接受程度呈现出多样化的发展趋势。随着信息技术的飞速发展，人们获取信息的途径愈加便捷、丰富，汉语言文学经典在数字媒体和社交平台的传播日益普及。汉语言文学经典不再局限于纸质书本，数字化资源的广泛应用使许多汉语言文学经典进入了人们的手机屏幕、电脑页面。在这一过程中，汉语言文学经典在大众心中既保持着其传统的文学地位，又在现代生活中迎来新的诠释和意义。

许多年轻人对汉语言文学经典的接受，往往是从课堂教育开始。汉语言文学经典通常作为语文课程的必修内容，学生们在课堂上阅读唐诗宋词、探讨《红楼梦》，逐渐建立起对汉语言文学经典的初步认知。然而，年轻读者的兴趣往往因教学形式的单一而受限。部分教师在讲解汉语言文学经典时，侧重于知识点和考试要求，忽视了汉语言文学经典中的情感和思想层次。这样的教学方式虽然能使学生掌握基本知识，但也可能在无形中削弱了学生对汉语言文学经典的兴趣和理解深度。现代学生的好奇心驱使他们在课堂之外寻找更为灵活的途径来接触汉语言文学经典，这也是近年来数字化阅读资源和自媒体平台受到青睐的原因之一。

社交媒体平台为汉语言文学经典的传播提供了便捷的途径，许多读者在网上分享阅读心得、发布赏析视频，形成了多元化的汉语言文学经典传播模式。在社交媒体平台上，文学博主通过图文、短视频等形式将汉语言文学经典的解读变得更具趣味性。例如，许多短视频创作者结合经典诗词的场景进行拍摄，以视觉化的方式诠释作品中的情感，这种生动的演绎吸引了大量年轻用户。社交媒体平台的互动性让汉语言文学经典的传播不再是一种单向输出，而是一个交流的过程，读者之间的对话和讨论使汉语言文学经典在大众心中更加鲜活。

近年来，汉语言文学经典的影视改编逐渐成为当代人了解汉语言文学经典的重要途径。许多经典作品改编为电视剧、电影或动画片，使汉语言文学经典中的人物形象以可视化的形式呈现在观众面前。这种改编通常对情节进行一定的调整，以适应现代观众的审美需求。以《红楼梦》为例，电视版的改编为观众带来了新的体验，人们在荧幕上看到了一幅动态的贾府生活图景。影视作品的视觉表现力使观众更易于理解原著中的情感张力，增强了汉语言文学经典的吸引力。然而，影视改编的艺术处理也可能导致观众对汉语言文学经典的误读，部分情节的过度戏剧化让观众偏离了原著的深层内涵。汉语言文学经典在影视化传播中实现了广泛的覆盖，但同时也面临保持原著思想精髓的挑战。

电子书籍的普及让汉语言文学经典的获取变得更加便利。许多在线图书馆和阅读软件提供了大量免费或付费的汉语言文学经典资源，人们只需下载应用程序便可随时随地阅读经典作品。这种便捷的阅读方式让人们能够利用碎片化的时间重新接触经典作品。电子书籍的出现为读者提供了一个更加灵活的阅读选择，使他们可以在工作之余重温经典。然而，碎片化阅读的局限性也不可忽视，短暂的阅读时间难以带来深入的理解，经典作品的复杂性往往需要集中阅读与思考才能体会其中的真意。

同时，汉语言文学经典在现代社会的认知过程中面临的另一问题是"流行化"的趋势。现代社会的快节奏生活让人们倾向于通过简化的方式来接触汉语言文学经典，部分汉语言文学经典被"网红化"或"娱乐化"，其深刻的思想性被弱化。社交媒体平台上的一些短视频和图文，将汉语言文学经典中的诗词和语句剪辑成励志语录，甚至断章取义地配上解说文字，这种简化传播固然能让更多人关注汉语言文学经典，但也在一定程度上削弱了经典作品的文化内涵。汉语言文学经典的价值不仅在于文字之美，更在于情感、思想和文化的深层表达。流行化的传播模式带来了汉语言文学经典接受面的扩大，同时也使其传播面临"碎片化理解"的挑战。

同时，部分读者对汉语言文学经典的阅读体验受到数字化工具的影响，阅读软件的批注、字词解释、自动翻译等功能虽然为理解汉语言文学经典提供了便捷，但也在某种程度上阻碍了读者自主思考的机会。在传统阅读中，读者通过反复揣摩和自我探讨逐步深入理解，而在数字阅读中，字词释义和解析让阅读变得浅显化。尽管现代技术为汉语言文学经典的传播提供了帮助，但如何在数字化环境中保留深度的阅读体验，成为一个值得反思的课题。

尽管汉语言文学经典在现代社会的传播方式多样，但经典作品的语言障碍依旧是许多读者面临的难题。许多汉语言文学经典使用的文言文和古汉语结构对于现代读者而言较难理解。部分出版社和学术机构推出了简体版或注释版的经典作品，以降低阅读难度，增加经典作品的普及性。这些注释和简化的版本帮助不少初学者更轻松地接触经典作品。然而，有学者认为，这种简化可能会使原著的韵味和意蕴有所流失，使读者难以完全体验原著的语言美。汉语言文学经典在现代社会面临着普及性和原汁原味之间的平衡问题，如何在保留文化精髓的同时，让更多读者易于接受，是教育界和出版界需要共同探索。

青少年群体对汉语言文学经典的认知往往受到生活环境和成长背景的影响。许多学生在中学时代接触汉语言文学经典，但在考试压力之下，阅读目的往往局限于记忆考点，难以深入理解汉语言文学经典的美学价值。近年来，一些教育机构尝试通过互动式的教学方式，让学生在角色扮演、情境模拟中体验汉语言文学经典中的情感。这些创新的教学方式得到了学生的积极回应，学生们在亲身体验中对经典作品产生了兴趣，理解了其中蕴含的深意。教育者希望能够帮助年轻一代重新发现汉语言文学经典的魅力，使汉语言文学经典成为他们生命中一种深刻的文化体验。

汉语言文学经典在现代社会的接受过程受到跨文化问题影响。许多读者通过英文译本或海外影视作品认识了汉语言文学经典，跨文化的传播使汉语言文学经典在全球范围内获得了新的读者群体。外国译者对经典作品的解读往往带有一定的文化差异，甚至会以西方的伦理观和审美来重新诠释原著，但其本质上的中国传统思想精髓可能被误读。汉语言文学经典在国际上的传播，不仅是语言的翻译，也是文化的再创造。

第二节　数字化背景下汉语言文学经典阅读的困境与应对

在数字化快速发展的背景下，汉语言文学经典的阅读方式经历了巨大的变革。电子书籍、在线阅读平台和移动阅读设备的普及，使读者得以更加便捷地获取经典作品。然而，随着数字化阅读的流行，汉语言文学经典的深度解读和阅读体验也面临了新的挑战。数字化阅读为人们提供了前所未有的便捷与高效，但同时也带来了理解浅层化、体验碎片化等困境，导致了汉语言文学经典在阅读效果上的减损。

数字阅读设备的便携性，让人们随时随地可以阅读汉语言文学经典，这种阅读的便利性虽然带来了短期读者数量的增长，但无法替代传统纸质图书阅读的专注感。很多人用手机或电子书随时随地阅读，但这种阅读环境容易让人分心，经典作品的深度内涵难以在这样的场景中被有效理解。在阅读过程中，汉语言文学经典的思想价值需要集中注意力，而数字化阅读环境往往不利于读者沉浸在文本之中。

此外，汉语言文学经典的阅读在数字化时代面临着内容筛选的困境。许多数字平台上推送的内容更倾向于"轻阅读"类型，以简短、轻松、娱乐化的内容吸引读者，汉语言文学经典的深度阅读被这类内容压缩和稀释。一些数字化平台上的经典作品会被简化成短小的情节梗概或提炼成零散的金句，从而失去了经典作品的整体性。读者在这样的内容中难以体验完整的文学叙事和情感表达，经典作品的艺术价值被简化为表面的信息传播，这种"轻阅读"让汉语言文学经典的审美价值无法得到真正的呈现。

网络上过多的数字化解释和注释，使汉语言文学经典的阅读体验逐渐趋向于标准化。数字平台的"智能标注"功能为读者提供了便捷的字词解释和段落分析，然而，这样的功能也让读者逐渐失去了独立思考的机会。经典作品的理解需要个性化的解读，读者在自我思索中逐步感悟经典作品的内涵，但标准化解释容易让人接受固定的看法，导致读者对经典作品的理解趋于表面化，使经典作品的独特之处被忽略。

数字化阅读的碎片化特征还导致汉语言文学经典的深度解读受限。许多人在电子设备上阅读汉语言文学经典时，往往会被弹出的消息、社交软件通知打断，难以保持长时间的专注。碎片化的阅读方式使读者难以对汉语言文学经典的情节发展和人物关系深入理解。经典作品往往结构复杂、情感深刻，需要连续阅读才能逐步体会其中的层次和意蕴。然而，短暂的阅读时间不足以让经典作品的深度与广度在数字化阅读中得到全面展现。

面对数字化阅读的困境，一些学者和教育者开始探索如何在数字时代重新激发人们对汉语言文学经典的兴趣。许多数字平台推出了沉浸式阅读模式，通过屏幕设计和排版的改进，使阅读界面更接近传统纸质书的视觉体验。黑白屏幕的使用、仿真翻页效果等技术，旨在为读者提供更舒适的阅读感受，让人们在数字阅读中找回纸质阅读的沉浸感。

同时，一些汉语言文学经典的数字化项目开始着眼于增强作品的互动性和多媒体表现。将文字与音频、视频、图像结合，为经典作品的阅读增添了视觉与听觉的多重体验。例如，一些数字平台在提供《红楼梦》的文本时，会配合古代建筑和服饰的图片，甚至加入背景音效，增强情境的代入感。这种多媒体阅读方式让读者在文字之外获得了更多感官体验，有助于他们更好地理解经典作品的情境和氛围，使汉语言文学经典在数字化阅读中呈现出新的维度。

数字化阅读模式的变化，要求我们在汉语言文学经典阅读的推广中更加注重内容策划和用户体验。一些经典作品的数字版在推出时结合了现代阅读需求，将难懂的古典文学语句进行注释，同时保留原文的完整性，以期既能满足初学者的理解需求，又保持经典作品的原貌。此外，平台还可以在电子书的后方附加更多参考资料，包括文学背景、作者生平、时代背景等，以便读者在阅读时更加全面地理解经典作品。这样的设计可以引导读者逐步深入，在增进理解的同时，不失汉语言文学经典的文学意蕴。

互动式的在线读书会也是应对数字化阅读困境的有效方式之一。在线平台上组织的读书会，让汉语言文学经典的阅读变得不再孤立。读者之间可以分享阅读感受，提出自己对情节和人物的理解，这种互动性让汉语言文学经典的阅读氛围更加活跃。例如，社交平台上的"经典文学分享"小组，使人们有机会在虚拟空间中交流心得，增强了阅读的社交性。这样的读书活动不仅能加深人们对作品的理解，也让汉语言文学经典的阅读成为一种交流和分享的过程，使人们更愿意投入时间和精力去探索经典。

面对数字化阅读的困境，部分学者呼吁重视纸质书的阅读体验，提倡"慢阅读"理念。汉语言文学经典的内涵丰富，需要读者在沉浸式的状态下反复揣摩，纸质书籍的阅读感更为细腻，人们在翻动书页的过程中与作品产生更深的情感联结。"慢阅读"提倡者认为，只有回归纸质书的阅读习惯，才能真正进入经典作品的世界，从而体验其思想和情感的深刻。

此外，数字化阅读平台提供导读和讲解课程，帮助读者克服汉语言文学经典阅读中的难题。许多高校的学者和文学爱好者通过录制音频、视频课程，将经典作品的背景、主题、艺术手法进行详细讲解，使经典作品的阅读过程变得更有条理。平台中的名师讲解、读书笔记等内容，让读者在聆听中逐步走进作品的深处，理解文学中的情感和意蕴。这种方式不仅满足了现代人对便捷学习的需求，也在一定程度上避免了数字化阅读的浅层化问题。

一些出版社也在积极推动"数字阅读＋纸质书"的双轨阅读策略。在提供电子书的同时，鼓励读者购买配套的纸质书籍。出版社的这一举措，试图将数字阅读与纸质阅读相结合，让读者在便捷获取和深入阅读之间找到平衡。读者可以先在电子设备上预览汉语言文学经典的内容，再在有时间的情况下阅读纸质书，这种双轨阅读模式为汉语言文学经典提供了一种新颖的体验。

第三节　汉语言文学经典传播中的文化冲突与融合

文化价值观的差异是汉语言文学经典传播中的主要冲突之一。汉语言文学经典往往强调家族观念、礼仪秩序和集体责任，这些价值观在西方社会有时显得陌生。与此同时，汉语言文学经典中的象征手法和隐喻表达，也常常带来跨文化传播中的解读差异。文化差异让汉语言文学经典中的象征含义在传播过程中产生了偏差，使故事的核心思想在不同文化中产生了截然不同的理解。尽管这种误读可能带来文化隔阂，但也使汉语言文学经典在不同文化背景中获得了新的解读维度，形成了独特的"本土化"诠释。

在汉语言文学经典的国际传播中，语言的隔阂也导致了理解的局限。中文的表达方式注重意境和含蓄，经典作品中常用诗意化的语言来描绘情感与场景。对于西方读者而言，汉语中的丰富语境与多义性带来了阅读上的挑战。即使在译者尽力忠实于原意的情况下，中文的语境细节和言外之意在翻译中也往往难以被完整保留。

这种语言上的转化带来了一定的文化冲突，使汉语言文学经典中的细腻情感和文化意蕴在传达时有所欠缺。这些经典作品在不同语言中的再现，很容易偏离其原始的情感基调，无法产生汉语言文学经典在中文语境中所能激发的情感共鸣。

汉语言文学经典的跨文化传播也为不同文化的融合创造了契机。汉语言文学经典与西方的浪漫主义、现实主义等文学潮流碰撞，为彼此的文学创作提供了新的灵感。

这样的文化互动丰富了汉语言文学经典的传播内涵，使经典作品逐渐成为人类共同的精神财富。这些汉语言文学经典逐步与西方的哲学观念产生了独特的共鸣，形成了交融性的文化对话。

汉语言文学经典的影视化传播为文化融合提供了新的可能。近年来，《红楼梦》《西游记》等经典作品被改编为影视剧在海外上映，使更多观众通过视觉作品认识和理解中国文学。

在一些改编过程中，制片方为了适应海外观众的欣赏习惯，加入了更多戏剧性元素和动作场面，试图在视觉效果上吸引观众。虽然这种改编可能削弱了汉语言文学经典的深刻性，但也让更多人关注到这些经典作品。影视作品的全球传播使汉语言文学经典被越来越多的国家认识，成为不同文化之间的桥梁。

此外，一些国家在汉语言文学经典的研究中，尝试将其与本土文学进行对比，探索其中的共同点与差异点。有的学者将《论语》中的伦理思想与其国家的美学相结合，试图找到共通的道德观念。

这种跨文化的研究促进了汉语言文学经典的深度理解，同时也形成了其他国家对中国儒学的新认知。类似的文化比较研究推动了汉语言文学经典在海外的广泛传播，为其增添了新的文化意义。

一些外国大学在讲授汉语言文学经典时，往往会结合西方的伦理学、心理学等学科进行跨学科讨论。寻找文化之间的交集点。

这种多学科的解读不仅加深了学生对汉语言文学经典的理解，也使汉语言文学经典成为东西方思想碰撞的平台。在这种文化融合的过程中，汉语言文学经典的传播获得了新的生命力，并为不同文化背景的读者提供了多元的视角。

第四节　汉语言文学经典阅读与传播的未来趋势

随着信息技术的快速发展，汉语言文学经典的阅读与传播逐渐呈现出新的趋势。数字化平台、人工智能技术和多媒体手段的应用，为汉语言文学经典的传播提供了更加多样的形式。在这一趋势中，汉语言文学经典不仅在文本形式上发生变化，更在阅读方式和文化影响力方面显现出新的潜力。

数字化平台的普及让汉语言文学经典阅读变得更加便利。许多在线阅读平台提供了免费或付费的电子书，让人们随时随地接触这些文化宝藏。对于忙碌的现代读者，碎片化的时间难以进行完整的阅读，而数字平台的书签、章节跳转和个性化推荐等功能弥补了这一不足，使汉语言文学经典阅读变得更加灵活。随着数字阅读体验的不断优化，人们或将在碎片时间中逐步完成经典作品的阅读，既满足了读者对便捷性需求，又能让他们对经典作品进行深度理解。

人工智能技术的引入也正在改变汉语言文学经典的传播方式。智能推荐系统基于读者的偏好和阅读记录，向其推荐与汉语言文学经典相关的内容。这种推荐方式不仅帮助读者发现经典作品，还通过筛选、分类和定制化服务，使经典作品的接受过程变得更有针对性。此外，人工智能在文本分析中的应用也为汉语言文学经典研究提供了新的方法，通过自然语言处理技术，研究者能够从海量文本中挖掘经典作品中的主题和风格，为读者提供更深入的阅读体验。人工智能在未来的进一步发展，可能会让汉语言文学经典的传播更具个性化。

虚拟现实技术的发展也为汉语言文学经典的沉浸式阅读提供了可能。通过VR设备，读者可以"走进"经典文学的场景，身临其境地体验书中描绘的情境。这种技术的应用不仅增强了汉语言文学经典阅读的参与感，也激发了年轻读者对汉语言文学经典的兴趣。未来的虚拟现实技术或将成为汉语言文学经典教育和推广的重要手段，让读者以一种全新的方式接触汉语言文学经典。

多媒体内容的融合是未来汉语言文学经典传播的另一个趋势。视频、音频和图像为汉语言文学经典文本的解读带来了更多表现形式。一些经典作品的在线课程已经开始将影像资料、历史背景和艺术作品相结合，形成立体的学习模式。对于难以理解的古典诗词，多媒体解读可以通过插画、音乐和动画来生动地展现诗句中的意象，使读者更易于接受。未来，随着多媒体技术的进一步发展，汉语言文学经典的传播将更加视觉化和直观化，吸引更多不同年龄层的读者。

社交媒体的互动性为汉语言文学经典的传播提供了更大的社群支持。许多汉语言文学经典爱好者在社交平台上建立起讨论群组，分享心得、推荐作品。这些社群的存在，使人们在互动中深入理解汉语言文学经典的意义。社交媒体的传播速度和影响力也助力汉语言文学经典在年轻人中迅速传播，尤其是在短视频平台中，许多创作者以趣味性的解读让汉语言文学经典焕发新的活力。未来，汉语言文学经典的传播或将更加社交化，并能够推动不同读者之间的交流和共鸣。

跨学科的研究方法也将推动汉语言文学经典未来的传播。汉语言文学经典不仅是文学艺术的瑰宝，也涉及历史、哲学、艺术等多领域的内容。未来汉语言文学经典的传播将更加注重跨学科的综合解读，尤其在学术界，汉语言文学经典将与历史文化、伦理观念、社会现象相结合，帮助读者更加全面地理解作品。例如，在研究《论语》时，结合历史学、伦理学等视角进行多维度分析，将有助于读者更深入地体会儒家思想。跨学科方法的应用让汉语言文学经典更加贴近读者的生活实际，增强了其现实意义。

汉语言文学经典的全球化传播趋势将更加显著，特别是在海外教育领域，越来越多的大学将汉语言文学经典纳入中文课程。这些经典作品在全球范围内的影响力不断扩大，吸引了来自不同文化背景的读者。随着翻译技术的提升，汉语言文学经典的传播也将突破语言障碍，尤其是智能翻译的改进，为汉语言文学经典在国际传播中的精准表达提供了新的工具。未来，汉语言文学经典的全球化传播将继续扩大其影响，使汉语言文学经典在世界范围内更为广泛地流传。

教育模式的创新将推动汉语言文学经典更深入地进入年轻一代的生活。传统的教学方式侧重文本分析，而未来的教育将结合体验式学习，通过文学剧场、角色扮演、情境教学等方式，让学生在实践中感受汉语言文学经典的魅力。例如，学生可以在互动剧场中参与演出，体会汉语言文学经典中人物的情感和价值观，这种方式不仅增加了课堂的趣味性，也让学生从不同角度理解作品。体验式的教学模式激发了学生的创造力，使他们在亲身体验中接受汉语言文学经典的文化内涵。

未来的汉语言文学经典阅读或将更加注重个人化的阅读体验。在传统阅读形式中，对于汉语言文学经典的解读往往受到时代的影响，但未来的个性化阅读将通过数字平台的个性推荐，让读者更贴近自身需求。例如，平台根据读者的阅读偏好推荐相应的经典章节，使汉语言文学经典的阅读体验更加个性化。个性化推荐服务的推出，让汉语言文学经典阅读更符合当代人多样化的需求，提升了经典作品的可读性和吸引力。

汉语言文学经典的现代传播也逐渐强调跨文化的交流和理解。汉语言文学经典蕴含着东方哲学和传统伦理，未来的传播将更加注重与西方文化的对话。例如，在传播《道德经》时，可以结合西方哲学家的解读与分析，帮助西方读者更好地理解东方文化的深意。跨文化的解释方式不仅让汉语言文学经典更易于被不同文化接受，也促进了不同文化间的理解与尊重，为汉语言文学经典在全球化背景下的传播提供了新的思路。

汉语言文学经典在未来的传播过程中，可能会以互动性强的数字产品形式出现。近年来，许多汉语言文学经典被设计为互动读物，读者在阅读过程中可以自主选择情节发展路径，这种阅读体验增强了读者的参与感。这种创新的形式给汉语言文学经典阅读带来了新的活力。

未来的汉语言文学经典阅读也可能越来越多地结合公共文化资源的支持。

图书馆、文化中心、博物馆等公共资源在推广汉语言文学经典阅读方面将发挥更大作用。例如，许多城市的图书馆计划推出汉语言文学经典专题展览，将经典作品中的场景通过展品和布景进行还原，使观众在文化氛围中理解汉语言文学经典。这类公共文化活动不仅增加了汉语言文学经典的受众面，也将阅读从个人行为扩展为公共体验，使汉语言文学经典阅读更加普及。

参考文献

[1] 左东岭，包晓光．汉语言文学专业本科生必背诗文名篇 [M]．北京：北京大学出版社，2010．

[2] 邱运华．文学批评方法与案例 [M]．北京：北京大学出版社，2006．

[3] (意) 伊塔洛·卡尔维诺．为什么读经典 [M]．北京：译林出版社，2006．

[4] 赵淑云．新时代汉语言文学的应用性探讨 [J]．牡丹，2018(23)．

[5] 徐泽正，高智恒．汉语言文学在网络环境下的传播研究 [J]．作家天地，2023(15)．

[6] 高诗涵．新媒体时代对汉语言文学发展的影响研究 [J]．知识文库，2023(24)．

[7] 高艺函．融合优秀传统文化的汉语言文学发展对策 [J]．作家天地，2023(34)．

[8] 安利．探析在文化传承中汉语言文学研究的价值与意义 [J]．百花，2024(03)．

[9] 孟亚男．信息化背景下高校汉语言文学课程改革创新——评《数字化时代与文学艺术》[J]．科技管理研究，2023(22)．

[10] 李晓燕．中职汉语言文学教学中微课的有效运用 [J]．中国多媒体与网络教学学报 (中旬刊)，2023(05)．

[11] 鹿一鸣．新媒体对汉语言文学教学的影响分析——评《新媒体环境下汉语言文学教学优化策略》[J]．科技管理研究，2023(13)．

[12] 戴建业．大学中文系古代文学教学现状与反思 [J]．华中师范大学学报 (人文社会科学版)，2013(04)．

[13] 陈思和．文本细读在当代的意义及其方法 [J]．河北学刊，2004(02)．

[14] 林思怡．高职汉语言文学教学中学生中文鉴赏能力的培养策略探析 [J]．国

家通用语言文字教学与研究，2024(09).

[15] 王雷．汉语言文学教育的再思考——评《汉语言文学理论与实践多维透视探索》[J].语文建设，2024(19).

[16] 申桂子．试论汉语言文学中语言的应用与意境 [J].产业与科技论坛，2023(19).

[17] 刘芳．高校培养新时代应用型汉语言文学人才的模式研究 [J].大学，2023(31).